論創ノベルス

如月十兵衛　娘鍼医の用心棒【巻の二】

鬼の舌震い

Ronso Novels 012

扉修一郎

論創社

目次◎鬼の舌震い

第一章　おつまの失踪

一

「えーっ」

「もっと大きく口をあけて、えーっとやって」

「えーっ」

「うん、先のところと右の奥が少し赤いわね。真ん中あたりはちょっと白いし。中どん、どこか具合悪くない？」

　と千代は、中吉の前髪の伸びた額に、手をやって熱をはかる。今度は自分の額に手をあて比べてみた。そして島田髷の自分の額を、中吉の額に押し当てて、目をつぶって「ふむ」と得心したのやらしないのやら、少し小首を傾《かし》げた。

「ちょっと熱があるわね。風邪かしらね。ここのところ天気続きで往還はほこりだらけだから、しっかり手を洗ってうがいをしなきゃだめよ」

千代はお姉さんぶって中吉に諭《さと》す。

中吉は去年の十一月に、信州水内郡古間村から、十二歳ではじめて江戸にやってきて、ここ材木問屋弁柄屋《べんがらや》の丁稚奉公に住み着いた。佐久間町の材木問屋佐野屋藤兵衛の商売先の紹介だった。

「もう一度、えーっといって」

千代は、中吉の舌の様子を穴があくほど見て、手元の紙縒《こよ》りで閉じた控帳に、なにやら書き付ける。鍼医桃春のお供役の大切な仕事のひとつだった。

昼四つ（午前十時）をまわった頃だろうか、庭の梅の木にとまって、ひとしきりうるさく声をあげていた鶯も、いつのまにかいなくなって、中空にはちぎれ雲が浮かんでいた。


紅梅の香りがほのかに薫る部屋で、桃春は鍼の手入れをしていた。今日は昼八つ（午後二時）に、下谷御成道、花房町代地の武具商甲斐駒屋の、ご新造の治療に行くことになっていた。おっつけ如月十兵衛が、行徳河岸の船宿小張屋から、桃春の用心棒をつとめるためにやってくるだろう。

いつも桃春と千代と十兵衛は、三人うち揃って、駕籠にも乗らず患家に徒歩でいく。それは桃春が鍼医を続けるための、父親弁柄屋茂左衛門の注文だった。

千代は桃春のお供として、十兵衛は桃春の用心棒として、江戸の町を奇妙な三人連れが今日も行く。

甲斐駒屋のご新造くまは、最近めまいがして奥向きのことが、からきし人任せになってしまって、何もかもすっかり衰えてしまったようだ、と桃春に嘆いてみせる。

不眠もあると言う。まだ四十を二つ、三つ重ねたあたりの歳だ。亭主の千兵衛はいたって頑健そうで、幇間などに祝儀をけちったりすると、陰でけんつうなどと悪口をたれられるほど髪の薄い男だった。

三人は神田川にかかる和泉橋を渡り、宮様河岸を西へ向かって歩いて行く。このあたりは材木屋、薪屋がおおく店を連ねている。

筋違《すじかい》御門《ごもん》の広小路に出て、まもなく右手に甲斐駒屋の看板が見えてきた。挨拶もそこそこに、桃春が素早く衣装を整える間に、くまは布団の上に横になった。

千代が、くまの顔色や目の色、皮膚の状態を桃春に告げる。桃春は、くまの手首を取って脈を診《み》る。同時にくまの口臭を嗅ぎ、呼吸の微かな音をきく。くまは年齢よりもいくぶん太り肉《じし》である。

桃春の白い顔が、少し紅潮して眉がくもる。くまの左手の脈動がわずかに沈んでいる。心臓が弱っている、と桃春は診たが顔にはださない。

「眠れないのですか?」

「はい。どうしたことかとくに悩みもありはしませんものを」

「肩こりはありますか?」

「ございます」

話している間も、桃春は人形のような細い手指と掌《てのひら》で、くまの顔やら腕やら背中、腹などさすっている。

桃春は鍼箱から鍼を取り出して、くまの手指を消毒して、人差し指と薬指の爪の生え際に鍼をうち、血を少しだけだしした。

それから手首の内側にあるつぼに鍼をうった。このつぼは心臓につながる経脈上にある。

桃春は鍼をぶすぶすと深く刺さない。浅く広く刺していき、患者の自然治癒力を引き出すことを考えている。

千代は桃春の鍼の手技のあいだ、桃春の耳元で、患者の様子を逐一知らせていく。

桃春は背中にも、浅く少ない本数の鍼をうち、今日の治療を終えた。


くまをそのまま布団に、しばらく寝かせておくことにして、千代と桃春は後片付けをして茶の間になっている奥座敷の襖を開けた。

店のほうを番頭にまかせて、十兵衛と話し込んでいた甲斐駒屋千兵衛は、襖が開くと同時に座布団から滑り降りて、桃春に挨拶した。

「お寒いなか、また遠路お見立てをいただき誠にありがとうございます」

千兵衛は男くさい商売に似合わず、腰の低い挨拶をする。

「甲斐駒屋さん、お商売もお盛んでなによりですね。ご新造さんも気長に養生されたら元通りお元気になられます。熱海にでもいかれたらよろしいと思います」

と桃春が如才なく話せるようになったのはつい最近のことだ。

「あれはせっかちで気ばかりが勝った人間でして、ゆっくり湯治などできますことやらこころもとないですが、跡継ぎの息子が、いっかな嫁とりに不熱心でして、そんなこともあれの心の臓をゆさぶるのかもしれませんので、わたしも時間をつくっていっしょに湯治にでも行きましょう」

「ご子息はいくつになられますか」

いつも瞑目して、姿勢をくずさない如月十兵衛が口をはさむ。

「なんと三十路ひとつ手前でございます」

「吉原に理無《わりな》い相手があるのじゃないか」

「はあ、そんな素振りもございませんが」

と言って千兵衛は、襖の向こうをちらと見た。

隣りの部屋はしんとしずまりかえっている。

三人は甲斐駒屋をあとにして、御成街道に出た。この先を北へ向かうと、下谷広小路が火除け地として大きくひらけていて、三橋を渡ると東叡山寛永寺である。

寛永寺は増上寺とともに将軍の墓所が置かれて、寛永寺には四代家綱、五代綱吉、八代吉宗、十代家治の廟所がある。

将軍は廟所のある各将軍の命日には、この御成街道を通って参拝した。老中が先導し、御三家も列をなした。

街道の両側の町屋を過ぎると、広大な各藩の上屋敷の築地塀が、どこまでも続いている。

甲斐駒屋の店を出しなに十兵衛が、

「池之端まで足をのばしてから帰ろうか」

と提案すると千代も桃春も笑顔になって、大きくうなずいた。

十兵衛は、池之端仲町の高級櫛店俵屋で、桃春と千代につげ櫛でも見繕《みつくろ》ってやろうと思ったのだ。

俵屋は、奥州八溝《やみぞ》藩の先代藩主直属の、密番《ひそかばん》の頭領であった久慈川香右衛門《くじかわこうえもん》が、裏の主である。

香右衛門は如月十兵衛江戸出奔についてきた男だ。

不忍池の柳絮《りゅうじょ》が飛ぶにはまだ間がありそうな寒さである。それは鈍くくもった空の色でもよくわかる。

湯島天神裏門の坂から荷を積んだ大八車が下りて来た。その荷車の陰から小銀杏髷《こいちょうまげ》がのぞいた。

「あら、兄さん」

千代が目ざとく兄の北の定町廻り同心横地作之進を見つけた。下っ引の完次をつれている。急いでいる様子だった。

「お千代。これは十兵衛殿に桃春さま」

「あわててどちらへ」

と千代。

「いや、今日は非番でな。それでも番所には顔を出したのだが、とんだ役目を押し付けられたのよ。役所はいま辻斬り事件を追いかけるのに手いっぱいで、もちろんおれも汗水流しているのだが、そのおれがもうひとつ事件を背負わされたのだ。ま、事件というほどのものではないがな」

作之進は妹の千代に対して言い訳がましい。作之進は広小路を突っ切って、下谷同朋町の方へ歩き出した。

「どちらまで参る。われらは池之端まで用足しに向かうのだが」

「そうですか。わたしは摩利支天横丁の自身番までいきます」

「そこに誰か捕らわれていると」

「いや、ちょっと頭のおかしい男がいるとのことなのです。自分がなぜ江戸にいるかわからないし、まずもって自分が何者かわからないらしい。何かの騙《かた》りか狐《きつね》憑きかなどと役所の連中は笑って相手をしないが、様子を見てこいとお鉢を回してきたのが、うわばみの高島さんですよ」

「与力の高島九十九《つくも》殿か。その自身番にいる男が気になるが、われらは池之端仲町の俵屋に参るので、後ほど調べの様子を教えてくだされぬか」

十兵衛はそう言って、桃春と千代を促して俵屋の方へ踵《きびす》を返した。

久慈川香右衛門の店は、俵屋と漆で上塗りされて書かれた、大きな看板ですぐにそれとわかった。大奥はじめ御三卿、ことに一橋家には深く入り込んでいると、それとなく十兵衛は聞いている。

店は不忍池に向いているが、裏道一本入ると下谷御数寄屋町で、名にしおう芸妓の多いところである。そんなこともあって俵屋は江戸でも人気の高級櫛店だった。

十兵衛がこの店を訪ねるのは初めてであった。

帳場のまわりに櫛や笄《こうがい》を、ところ狭しと並べて見ているのは、どこのご家中の御中臈《ごちゅうろう》か。付き添っているのは江戸留守居役の男のように見える。鬢《びん》のあたりに白髪がめだつ。

数人の番頭や手代が客の相手をしていた。店には久慈川香右衛門の姿はなかった。

三人が店に入ると、縹色《はなだいろ》の青梅縞を着た姿のいい番頭が、笑顔で迎えた。千代はほんのり上気している。桃春も気配でわかるのか、いつにもまして顔がはなやかに見える。

「いらっしゃいませ」

と言って、上がり端から奥に入った、京畳を敷いた一画に案内する。

「二人に似合いそうな櫛を求めたいのだが」

「よろしゅうございます。あ、申し遅れました手前、俵屋の番頭で平兵衛と申します」

平兵衛は、鼈甲《べっこう》や黄楊《つげ》や黒檀でつくられた見事な櫛を、いくつも二人の前に並べた。

千代は目を輝かせて、目移りしてたまらないといった顔で、手にとっては髪にさし、鏡をのぞく。桃春もいくつもの櫛を手にとって、なでては髪にさして千代に、

「お千代、どう似合ってる？　派手すぎないかしら」

と、まるで見えるかのように、いちいち意見を求める。千代は、

「とてもいいですわ、お嬢さま。揚巻にして櫛をこう、逆さにして髪を巻きつかせたら、お三味線の粋なお師匠さんみたい」

「まあ、そんな髪にしたらおっかさんに叱られるわよ」

いつまでも二人はそんなことを言ってはしゃいでいた。十兵衛はくすぐったいような気分で目をなごませて見ている。

平兵衛がえらんだのは、桃春には菊の花を中央に据え、四季の花々の文様をあしらった、漆塗りの黄楊の櫛。千代には黒漆の地に浪千鳥が描かれ、異国の船が小さく波間に見える、やはり黄楊の櫛であった。

「いかがですか？　お嬢さまがた」

「とても気に入りました。嬉しいです」

千代は十兵衛と平兵衛に頭をさげた。

桃春は大事そうに手に握ったまま、櫛の形を何度も何度もなぞって、

「十兵衛さま、ありがとうございます。番頭さんにもお礼もうします」

と童女のような笑顔を見せた。

「お気に召していただきうれしゅうございます。簪《かんざし》もございますからいつでもいらしてください。お待ちしています」


町は黄昏《たそがれ》がせまっていた。町屋筋は薄明かりのなかを、家路に急ぐ人々であふれていた。三人も心持ち急ぎ足になっている。

「遅くなってしまったな」

十兵衛が詫びるともなくそう言う。二人は黙ってもくもくと歩いている。それでも顔は穏やかで、どことなく楽しそうだ。

「どうしたお千代どの」

「ええ、こうしてどこかいい匂いのする、夕闇の町を歩くことは、あまりないんですもの、なんだか嬉しくて。ねえ、お嬢さま」

「そうねえ、懐かしいような、泣きたくなるような町の匂いね」

桃春は、白い頤《おとがい》をあお向けてゆっくりと首を回す。

「十兵衛さまがいっしょだからかしら。安心して歩けるので気持ちがうきうきするのね。わたし

とお嬢さまだけで、この時間に外出《そとで》をしていたら大目玉です。十兵衛さまには用心棒についていただいて、こんなに幸せなことはありません」

「それはまた大袈裟だな。そうそうは追いはぎや、辻斬りにはあわないものだが」

上弦の月が大川の河口のうえあたり、菜の花色に光っている。ちょっと前までは、房州あたりでは船頭が、南の水平線に低く出て、すぐ引っ込んでしまう布良星《めらぼし》を見て漁をしていた。この星は風雨を知らせるというが、十兵衛は一度も見ていない。

昼からの雲が晴れてきていた。

今日は、三人はよく歩いた。江戸の町を北に向かって、また南にもどって三里は歩いたろうか。船にも駕籠にも乗らず歩いたのは、二人には酷であったろうか。十兵衛は案じたが桃春と千代は満足しきった様子だった。

夕餉《ゆうげ》を誘われたが、十兵衛はことわって南茅場町の弁柄屋を出た。本所八名川町まで行って木舞掻《こまいか》きの富蔵と一杯やりたいが、今日は歩き過ぎた。おとなしく小網町行徳河岸の小張屋に帰って、住み込みの船頭佐助と物語をして飲もうかと肚をきめた。

小張屋の女将おかつが十兵衛をでむかえた。船宿は女将でもつというがおかつの場合、亭主に死に別れ、五十過ぎた佐助に助けられながら、まずまず身過ぎしている。生まれは越後の村上であるところまで十兵衛は聞いていた。寝物語をする仲ではないのでいまのところ、そのへんまでしか身上をしらないのだ。しかし、おかつは気持ちも気風もいい女である。八溝藩の江戸留守居の加納政綱の紹介で十兵衛は江戸に出たおり、二、三度世話になったのが縁であった。今はこの小張屋で、寝泊りすることが多い。

「富蔵さんがお見えです」

「おっ、それはまた偶然な。八名川町に行こうかと思っていたのだ」

佐助が運んできた足濯《すす》ぎの桶をおかつに返して、十兵衛は二階への階段を上がっていった。

富蔵は木舞掻き職人で博打好きな男だが、おゆみという女と面倒みたり、みられたりしながら何とか生きている。

ある夜、富蔵は桃春と千代が往診の帰りに、暴漢に襲われる場面にたまたま遭遇した。怯えきった二人を救ったのが、突然現れた着流し姿の浪人者。見事な剣捌きで暴漢を撃退し、そのままスーと夜の闇に消えてしまった。

消えた浪人者、十兵衛を見つけ出して、老舗材木問屋弁柄屋の娘鍼医の用心棒に紹介の労をとったのが富蔵だった。


座布団を枕に富蔵は小さく鼾をかいていた。

しばらくして、

「ふぁーい、寝ちまった」

と言って、富蔵がもぞもぞして起きた。「っくしょん」とくしゃみをひとつした。

「わしに何か用か？　ずいぶんお疲れのようだが」

十兵衛は、声をかけた。

「昨日は稼ぎに出て以来あまり寝ていないんですよ。仕事から帰ってみると長屋に留次《とめじ》がやって来て、のっけにおつまが消えたというじゃありませんか。よおく話を聞いてみると、勤めていた一膳めしやでは、昼までいつもの仕事をしていたらしんですが、昼の客がひけてから間もなくして、店の主人にも朋輩にも何も告げず、いなくなったらしんです。おっかさんと住んでる長屋にも昨日はとうとう帰らずじまいで。あっしは留次といっしょに一晩中駈けずりまわって、探したんですがみつかりません」

おつまは、稲葉長門守の門前に産着のまま捨てられていて、佐代吉夫婦に育てられた。下っ引の留次とは同じ長屋で育った仲だった。

「不思議な話だな。おつまはそんなに軽はずみな女子ではないぞ」

「留次と違ってできたおなごですよ。何かわけがあるに違いないんですが」

十兵衛はおつまのことが急に心配になった。しかし、今宵はもうどうにもならない。おつまが暖かい布団にくるまって寝ていることを祈りながら、何も考えずに飲むことにした。

月のあかりが障子を明るくする。

夜鳴き蕎麦屋の声が通りをわたっていく。酒が十兵衛の来し方を思い出させる。

八溝藩では、江戸と国元に家老がいて、次席家老として中老も二人。ほかに大目付が一人いた。中老は若年寄とも用心ともいわれる役どころだが、如月十兵衛こと山名伯耆守信時《やまなほうきのかみのぶとき》は、その中老職で財政、庶務、人事などにかかわる要職についていたが、その上、家中きっての剣士で、無敗と言われた男であった。

それには顚末がある。

もともと山名信時は、山名家の四男で山奉行の一迫家《いちのはざま》へ養子に入ったのだが、その一迫家が改易の憂き目に会い、一族は離散したのである。信時は幼名を笹之進と言ったが、笹之進は山名家の菩提寺行人寺の末寺法漣寺に預けられたのだ。

そこはとんでもない悪の梁山泊《りょうざんぱく》で夜盗、人斬り、火付け、賭博師、人攫《さら》いなどあらゆる悪人が集まってくる寺だった。

住職の虞門《ぐもん》が、そういう人間を追い返したりせず、それどころか人を斬ったばかりの血まみれの刀を下げて、山門をくぐってきた辻強盗を、庭に設えた五右衛門風呂に、みずから火吹き竹で薪を燃やし、湯をわかして入れたりする。

山門をくぐって来るのも悪魂人《あくだまにん》だったが、虞門はその上をいく悪業人《あくごうにん》とも言える。

笹之進はその虞門のもとで書を学び、剣を学び、人というものの獣性を見た。一方、希望というものを信じようとおのれに言い聞かせた。

寺にいると生命の保証はなく、平気で人を殺す者、盗る奴、奪う奴、壊す奴。笹之進はある時から姑息に身を守ることをやめたのだ。死ぬことに理由はない。いかな条理も死は壊していく。死を恐れてはならない。抗えば恐怖は増幅していく。

生き続けたいなら……。

笹之進は寝る間を惜しんだ。剣の修行をし、典籍をひもとくことに執心した。凶悪人どもを平気で束ねる虞門の棒術や体術も自己流に剽窃した。気が付くと、笹之進は型にはまらぬ常勝無敗の剣をも身につけていた。

笹之進に転機が訪れたのは、家督を継いだ兄の死だった。

次兄、三男は他家に養子に出ていたので、笹之進が山名家を継ぐことになった。そして、二十五歳のときに上士の佐々木家の娘律を妻に迎えたが、病に倒れ、二人の蜜月は三年しかなかった。

その後、山名信時は中老にのぼりつめたが、勘定所の不明金八百両が発覚し、重職の会議で山名伯耆守信時は、藩政を私する家老の長野継正《ながのつぐまさ》に責任をとらされた。

この事件には、からくりがあったが、家中の窮迫の折、さらなる騒乱で主家を争いの渦にまきこみたくなかった。

いずれ時がくると、腹をくくった山名信時は八溝藩に別れを告げた。

江戸にでて如月十兵衛を名乗り、肴町の華厳院に身を寄せ、その後、行徳河岸の小張屋に移り、今がある。

富蔵は、昨夜はそのまま小張屋に泊まって、親方には二日ほど仕事を休ませてもらうことにした。

朝餉の膳に十兵衛と富蔵が向かっている時、階下で留次の声がした。ほどなく二階に上がってきた留次の顔は、目のあたりが腫れぼったくむくんでいた。

「留、大丈夫か。寝てないのか?」

「あにき、まったくどうにもなりません」

「話は聞いたのか」

「おっかさんは何も知りません。飯屋のおやじが言うにはいつもとまったくかわらずおつまは働いていたと。ただいっしょに働いているおみつという小女は、おつまが帯の間にさっと紙切れのようなものを挟んだのを見たと教えてくれました。それが、なにかの知らせでもあったのか」

留次は、養父の佐代吉が亡くなった後、母親と二人きりになったおつまとは、いつもいっしょだった。

黙々と箸をつかっている十兵衛に留次が、

「十兵衛の旦那、助けてください」

と泣き声になる。

「留次、そう心配するな。おつまはおまえよりよっぽど頭のいい女子だ。おっかさんにもお前にも心配をかけられない、と思ったからこそみんなに迷惑をかけてもこうするしかなかったのだと、わしは昨日酔った頭で考えたよ。それに従えばおつまの身に何が起こったか自ずとわかるとな。しかし、そう道筋はつけてみたものの具体的にはさっぱりわからん」

「ひでえや、旦那。それはないでしょ」

「あっはは、まだ酔いが醒めないいか」

どれ、歯でも磨こうと、十兵衛は階下におりていった。板場のほうで「佐助、留次に飯をだしてやってくれ」と言う声が聞こえてきた。

二

十兵衛は南茅場町の材木問屋弁柄屋に向かった。崩れ橋を越えて、逆コの字に三つの橋を渡って、日本橋川の河岸沿いをお城の方角へ歩いて行く。

店先では中吉が、木屑や藁屑を箒で掃いていた。

「中吉、おはよう。精が出るな」

「十兵衛さま、おはようございます」

いつも元気なあいさつをする中吉である。中吉なりの心がけがあるのだろう、十兵衛も背筋が伸びる気がする。

もう幸助は帳場に入って、何か書き付けている。

「幸助どの」

「あ、十兵衛さま、おはようございます。今日はどちらまで」

「今日は待機部屋でな」

今日は急患がなければ、桃春は自分の部屋の隣りの治療部屋で、通ってくる患者の治療にあたることになっている。

こんな日は、十兵衛は自由きままに日を送っていいのだが、今日はどうしたわけか船宿でのんびり過ごす気持ちになれなかった。

千代は桃春が治療している間は、助手として休むことはできない。

台所脇の与えられた部屋に落ち着くと、下働きのおさん婆さんが茶を淹《い》れてくれた。

この部屋には窓がないので寝るにはいいが、気ぶっせいで息がつまる。

茂左衛門は離れに広い部屋があるから、そちらを使うようにすすめてくれたが、十兵衛は固辞した経緯がある。用心棒には布団部屋とおぼしき部屋こそふさわしい。

つくねんと座っていると、千代がやってきて、

「兄が十兵衛さまにお会いしたいと言ってます」

その北町奉行所定町廻り同心横地作之進が、弁柄屋の店先で十兵衛を待っていた。

十兵衛が、雪駄に足をいれるのを、じっと見ていた作之進は、

「今日は用心棒は非番ですか」

と声をかけた。

「まあ、そうだがいろいろ気になることがあってな。ところで今日は？」

「昨日の頭のおかしい男のことで、十兵衛殿に話しておこうと思って。どうです亀島町の例の蕎麦屋でちょっと」


小上がりの座敷は空いていた。

「あれから大変でしたよ。あの男まったくなにも憶《おぼ》えていないのです。名前、年齢、生まれ、どうして江戸にいるのかも」

「二、三日前や半年前のことはすっかり忘れても、名前や生まれ在所まで忘れるということはあるものだろうか」

「例繰り方の鷲塚東吾郎に、記憶を失くした男が江戸を徘徊して保護されたことはあるかと調べさせたところ、甲辰の天明四年（一七八四）の七月にあったらしいのです。男は西国の小大名の番士の倅で二十三歳、名前と家はわかっているが、なぜ江戸に出てきて自分がどうしてここにいるかわからないと言っていたらしいのですが、結局奉行所で保護し、半裸姿だったため衣服と路銀を与えて家に帰したようです。おおかた、おどされて身ぐるみ剥がれたのでしょう。なぜ、記

憶を失くしたのかは謎のままだったようです」

「昨日の男については、まったく何もわからんということでもないのだろう」

「羽織袴をつけてましてとくに破れたり、汚れたりはしていません。それより驚くのは背中と袖に三つ紋がありまして」

「紋？　それがわかれば問題ないではないか。どこの家中の者だ」

「陸中南部丹波守殿」

「なに、丸に向鶴《むかいづる》か」

「そうです」

「それで問い合わせられたか」

「相手はお武家、それも大広間の大名ですから、しかるべきところを通してお伺いしました。ところが、そうしたものはいないという返事でした」

作之進の顔が青白い。

「ふむ、奇妙だな。ほかに屋敷を出入りする鑑札などは持っていなかったのか」

「持っていません」

「おかしいな。江戸詰めのお役目ではないということか。あるいは盗られたか失くしたか」

十兵衛は湯呑を口にする。

「国訛りはないか」

「とくに気づきません」

作之進は厄介者を押し付けられたという、口吻《こうふん》を洩《も》らす。

「所持金は」

「財布がありました。一分金二枚、二朱金三枚、小粒二枚、あと銅銭がすこしです」

「奇妙だな。物盗りにあったわけでもなさそうだな。手がかりは二羽の鶴だけか」


丸に向鶴の南部（盛岡）藩二十万石は、源頼朝から命じられた甲斐国南部郡の一党が、八戸に征服者として乗り込み定着し、幕末まで領主として君臨した名門である。盛岡に本拠を移したのは秀吉の天下統一の後である。

十兵衛は家中に見知っている者がいて一度江戸に出た折り、麻布の下屋敷を訪ねたことがある。上屋敷は愛宕下と記憶している。

「それで昨日の男はいまどこに？」

「摩利支天横丁の自身番に一晩泊めましたが、今日三四番屋にもってきました。何かの事件がらみはないと思いますが、いちおう吟味してみます。ただ、何も憶えてないとなるとどこをどうつついていいものやら」

「やっかいな役目を仰せつかったものだな」

「まったくです。役所のみんなが敬遠するものを、仰せつかるなんて、これは加役のひとつですよ」

「加役は大袈裟ではないか。これも廻り方の大切な仕事のうちと思うが。まあ、火付け盗賊改めを仰せつかるよりいいだろう」

と十兵衛は、なぐさめとも言えないようなことを言って、作之進の肩をたたいた。


一人弁柄屋の待機部屋にもどった十兵衛は、窓のない部屋の壁に背をもたせかけ、楓《かえで》川の中の橋にある三四番屋にいる記憶を失った男を思った。

男は何を見てそうなったのか、何かで脅迫されたのか、あるいは暴行を受けたのか、しかし衣服に汚れもないという。薬でも盛られたか。ほかに何がある？　呪術の類か。南部藩の対応もいまひとつ腑に落ちない。

台所で立ち働く女たちの声が聞こえる。店先の男たちの声も混じって十兵衛の耳に届く。

百万を超えた江戸の人間それぞれに、一様《いちよう》ではない人生がある。いったいおつまに何があったのだ。露のように消えてなくなるような命じゃあるまいな。

十兵衛はおつまを信じる一方、不安がふくらんでくるのを隠せない。聞いたところではおつまは稲葉長門守の門前に産着にくるまれて捨てられていたという。

いや、そこのところだ。捨てられていたのか、置かれていたのか。在り様は同じに見えてもまったく違う存念のものだ。

それはどこで見分けることができる。

その辺から探らないと、おつまの失踪はつきとめることはできないと十兵衛は思う。そしてなぜ稲葉長門守の門前なのか？　たまたまなのか。聞けばお屋敷によっては捨てられた赤子を懇《ねんご》ろにしかるべく里親をさがして育てさせるという。

子供に罪はないということか。稲葉家もそういう人情に染め分けられた懇篤大名か。

十兵衛の思いは、風に吹かれる利根の蘆荻《ろてき》のように乱れるばかりだった。


「十兵衛さま」

部屋の外で桃春の呼ぶ声がした。

「施術は終わりましたか」

そう言って立ち上がった十兵衛に、まだ白い施術着を着たままの桃春が部屋の外に立っていた。

「まだでしたか」

「いいえ、患者さんはもうお帰りになりました。いま後片付けをしているところです。それより、おつまさんがいなくなったのですか」

「お千代殿にきかれたのですか」

「はい。ちょっとわたしの部屋でお話できますか」

十兵衛の返事をまたず、桃春は廊下伝いに自分の部屋に歩いて行った。十兵衛が桃春の部屋に入ると、施術部屋を片付けていた千代もやってきた。

桃春は施術着を脱いで、鴇色《ときいろ》の明るい小袖を身につけていた。

十兵衛はすっかり娘鍼医として世に立っている桃春を眩しい思いで見ている。これまでの苦闘は尋常ではなかったろうことにも思いを馳せる。


桃春は五歳の時、流行病《はやりやまい》にかかって高熱をだし、なんとか回復したが、病目《やむめ》を患い、両目の視野が狭くなっていき、やがて九歳をわずかに越えた頃に光を失った。

桃春の身内ではいつも嵐のような葛藤があったのは想像に難くない。

日を追うごとに光は失われていき、目覚めることが恐怖とさえなった。

「怖いよ、怖いよー」と耳朶をうつ自分の声で、目覚めたのは幾たびあったことか。やがて頭の中は、真っ白なだけの世界におおわれて、涙はすっかり涸れ果てていた。

辛い日々を数えて、桃春が江戸でも珍しい女鍼医になろうとしたのは、十二歳の時で、父親の茂左衛門に、両手をついて懇願した。

様々な制約を課《はた》されながらも、本所一ツ目橋の学問所に入り、師匠にもついた。すべて茂左衛門のはからいがあってのことであったと言える。

当道座《とうどうざ》（盲人の組織）の掟は厳しく、金のかかることばかりで、その中で最大限の自由を獲得して学べたことは、桃春の幸福であった。

三年たって鍼学皆伝の免許を受け、さらに三年がたって教授の免許まで授与され、本来なら十余年がかかるところを六年で修めた奇跡のような学びぶりであった。

「おつまさんとは月見でごいっしょした仲。なにか力になれることはないかしらと、千代と話したところです」

座るなり桃春はそう言う。波乱の生い立ちを経た桃春はひとたび結縁《けちえん》した人をどこまでも大事にする。

「わたしにもなんでもかまいませんから申しつけてください」

千代も膝をのりだした。

「嬉しい申し出かたじけない。さきほどからあれこれ思案してみたが、おつまを知る人に話をきくのが先決かと。今日は富蔵は親方から休みをもらって相川町の一膳めしやへ。昨日留次があらかた聞き込んできましたが、富蔵自らもう一度探ってみると言ってでかけたようです。留次もおつまの母親や長屋の連中にも話を聞きにいっているようだが」

「兄さんに話さなくていいのでしょうか」

「横地殿は辻斬りに加えて、例の記憶をなくした男にかかりきりらしい。先ほど蕎麦屋で別れたが、いまは三四番屋で取り調べ中で、手いっぱいのようだ」

「下っ引の完次か栄蔵を、聞き込みにつかったらいかがですか」

と千代が提案するのを、

「そうも思って横地殿に話そうかと思ったのだが、おつまの失踪は事件がらみとちょっと違う気がするのだ」

と十兵衛は珍しく判断に迷う。

「どういうことでしょう」

桃春の声が高くなった。

「おつまの出自に関係するなにか、としかいえないのだが。たぶんそれに関してなにかが動きだしたのかなと思うのだ」

「おつまさんはお大名屋敷の門前で拾われたのでしょう」

「お千代殿、そこのところです。拾われたとすれば、あたかも捨てられたと思いなされるが、産着につつまれ、でんでん太鼓も添えられている、捨て子をどう考えられるか。邪魔で捨てたというより、やむにやまれずここに置いていった。このお屋敷の用人殿は、なんの斟酌もせず番所にとどけるようなことはしない、と知っていたと考えられますまいか」

「はい」

「おつまは巾着切りの留次とつるんで、私曲《しきょく》（不正なこと）を働いていたこともあったが、わたしが思うに、そういう類《たぐい》の女子に見えなかった。掃き溜めに鶴じゃないが、朱に交わらないどこかおっとりした物腰があるというか、そんなところがな」

「たんに口減らしで捨てられたのではなく、もっと深い理由《わけ》があるということですか」

桃春は鍼を学んで、自分の知らない世間を知るにつれて、世の中には様々な不幸に苦しんでいる人が大勢いることに身を揉《も》んでいた。

「たぶん。おつまはなにも言わないが、自分の出自や生い立ちに悩んだことも、再三どころか何度もあったのではないか」

十兵衛はおつまの気持ちに分け入ろうとしたが、胸が苦しくなるばかりだった。


天明の飢饉は天明三年（一七八三）から天明八年（一七八八）にかけて日本全土を襲った。ことに東北の飢饉はすさまじく、人が生き抜くのは困難を極めた。奥羽ではとくに南部、津軽がひどく日に千人、二千人という人が死んだ。

だが、江戸がほんとうに困窮を極めはじめたのは明和九年（一七七二）二月の目黒行人坂の大火からである。

二十九日の昼過ぎに、行人坂の大円寺から出火した火事は麻布、白金、日本橋から千住まで、江戸の三分の一を焼き、翌日の午後に鎮火した。

死者行方不明一万八千人以上と言われる。

幕府は忌み年の明和九年を嫌い、安永と改元したものの、物価高、疫病がつづき安永三年には大寒波の襲来、四年には飛騨の大一揆、五年には疱瘡がはやり、八年には将軍の世子家基が狩の最中に急死、伊豆の大島で噴火、九年には大雨が降り、関東一円大洪水にみまわれ、作物ができず江戸に困窮者があふれた。

そうして江戸が、疲弊しきったところに天明の大飢饉が襲う。

と同時に天明三年には、浅間山の大噴火もおこり、さしもの田沼意次も政権にとどまることならず、この三年後に罷免されて、松平定信の登場となる。

「子供が可愛くない親はいませんから、よほどの事情があったのでしょうね」

千代がためいきをつきながら言う。

おつまや千代や桃春たちの生きている時代は、江戸の歴史はじまって以来の困難な時代なのかもしれない。

「では、今日はひきあげることにしよう」

「お疲れでございました。おつまさんが無事もどられますように祈っています」

桃春が神仏の前で一心に祈る姿を胸に浮かべて十兵衛は弁柄屋をあとにした。目の前の鎧の渡しから渡船で、小網町に渡ろうと渡し場にさしかかると、手に植木を持った人が目に付く。渡船にも娘御や隠居老人が植木を持ってのりこんでいた。

船頭に聞くと、

「薬師さまの植木の市で」

「おう、そうだったの。十二の日か」

十兵衛は日にちどころか大の月も小の月もすっかり頭にない境遇である。薬師さまの縁日は毎月八日と十二日にきまっていた。この日には植木の市もたつ。

春の陽はその弱い陽射しを、町々の甍や牡蠣殻ののった屋根に落としていた。

相川町は両国橋の東詰めにある。十兵衛はそこまでぶらぶら行くことにした。元吉原の北側、昔の禰宜《ねぎ》町を抜け、富沢町の古着店を横目に汐見橋に出る。それから数丁も行けば両国の広小路だ。

相変わらずのことに両国橋の袂には人が多い。それをあてこんだ葦簀《よしず》張りの店や、大道芸、髪結い床、煮売りやなど、ここが火除け地かと思うほど賑わっている。

その時、ばたばたと駆け出す足音が、聞こえたかと思うと、どんと十兵衛の肩を突きとばしていく尻端折りの中間《ちゅうげん》風の男。

いっさんに橋のほうへ駆けていく。つられて十兵衛が目をやると人だかりがしていた。橋番所もあるというのに、こんなところで喧嘩でもあるまいと思いつつ、人ごみに身をまぎらわせる。

「おいおい、惚《とぼ》けちゃなんねいぜ。さっきまでちゃんとこの懐にしっかりあったんだ。それがおめえとそこの店の前でぶつかった後だ。紙入れがなくなったのはよ。嘘じゃねえぜ、おめえを裸にひんむきゃちゃんと紙入れが出てくるはずだ」

大声をだしているのは、背中がすこし見えるが、半ちくな小博打うちのような男だ。怒鳴られているのは女だ。人垣のあいだからは着物の一部しか見えない。

「おい、だれか役人を呼んでこねえか」

「ばかやろう。余計なことするない。大道芸よりよっぽどおもしれいや。そのうえ木戸銭いらずとくらぁ」

「そうだ、そうだ。女が着物を脱ぐかもしれねえぜ」

「いや、見ちゃおれねえぜ。だれか助けるやつはいねえのか」

そのうち役人がくるだろうと、いつもなら十兵衛はやりすごすところが、その大きいからだで人垣をこじあけ、ずいと前に出た。

「いてて、この野郎なんてことするんだ」

わめく見物人を無視して、十兵衛は女を見た。

「おつま！」

まぎれもなくおつまだ。無事もどったのか。しかし、この状況はどうだ。無事といえるのか。

十兵衛が瞬時にまわりを見回すと、野次馬の興奮した無責任な顔ばかりが、とびこんできたが、うん！　と気をひく男が半ちく野郎のうしろに立っていた。にやにや笑っているようなしまりのない顔の男。二本をさして金糸で鶴を描いた白い羽織をつけている。

おつまはわめく半ちくの声が聞こえないのか、どこか魂がぬけた顔をしている。いつもより顔色が白いのはやはり青ざめているせいか。

「やい、聞こえているのか。おめえが盗ったにちげえねえから早く出しやがれ。盗ってねえのなら裸になって、紙入れがねえところを見せてもらおうじゃねえか」

「わたしは、紙入れなんか盗っちゃいません」

おつまがはじめて口をひらいた。

「なにぃ、このあま。こうなったら手加減なしだ」

半ちくは、やにわにおつまの手をとって、帯に手をかけようとした。

「待て」

十兵衛は白羽織の侍を目で制しておいて、半ちくの前にでた。おつまが小さく叫んだ。それに目でこたえて、おつまを慰撫してから、十兵衛は半ちくの喉に右手指を食い込ませ、かるく持ち上げるようにして、半ちくのあまり大きくもないからだを、白羽織になげつけた。

「おおーっ」

やじうまの声がいっせいにわきあがる。

「な、なにしやがる」

げほ、げほ言いながらも半ちくはあくまで咆える。白羽織はまだにやにやしている。

「この娘はおれの訳ありでな。おまえみたいなちんけなやつの財布なんぞは狙ったりしないんだ」

「よくも言ったな。そんなら盗ってねえ証拠をみせてみろ」

「それはできない相談だ。おまえもこの娘が盗った証拠はないんだろう。しかし、お互いそう言い合ってもどうどう廻りだ。いったい財布にはいくらあったんだ」

半ちくはまさかの展開にとまどい言いよどんだが、

「さ、さ、三両二分」

とはっきり言った。

「そうか。じゃ、おれがその三両二分をおまえに払おう。それで文句はないだろう」

「そ、それは」

「じゃ、手をだせ」

十兵衛が紙入れを取り出した時、

「それは駄目だ」

はじめて白羽織が声を発した。

「なぜだ」

「女が盗ってないことを見せてもらわないとな」

「どうすればいいんだ」

「やっぱり着物を一枚一枚脱いでもらおう。見物衆も納得しないだろう」

「なかったらどうする」

「あったらどうするつもりだ」

十兵衛は内心しまったと思った。こいつらは確信犯だ。おつまはたぶんぼおーっとして歩いていたのだろう。失踪の言い訳でも考えていたのだろうか。

じりじりしてやじうまのつばを飲み込む音も聞こえそうな一瞬、二瞬、

「おつまぁ！」

地を裂くような声。

「留次」

「留次さん」

目を血走らせた留次が、やじうまをかきわけて飛び込んできた。

「おつま、大丈夫か。十兵衛の旦那、すいません」

留次が飛び込んできて、半ちくの動きがぎこちなくなってきた。

「こらぁ、木助《きすけ》。人をはめるのもたいがいにしろよ。よりによっておつまに仕掛けるなんざ百年早えんだ」

すかさず留次は木助という半ちくを二度、三度となぐりつけた。木助はその筋では名の知れた巾着切りのようだ。正体がばれたのを悟ったのか白羽織もにやけた顔をひんまげて、やじうまをかきわけて退散した。

両国橋からは指呼の間の、下柳原同朋町の船宿「富樫」の二階に十兵衛、留次、おつまの三人は腰を落ち着けた。

「十兵衛の旦那、助かりました。ありがとうございます」

留次は畳に額をこすりつけて気持ちをあらわしたが、おつまはまだ生気のない表情をしていた。

「そうだ、おつま、胸の中に財布があるのじゃないか」

おもいだしたように十兵衛がおつまに声をかけた。おつまはまだぼんやりした顔をしている。

「おつま、どうしたい。しっかりしろよ。どら」

と言って留次はなれた手つきでおつまの帯の間に手を差し入れる。

「おや、やっぱり」

「そうか、やっぱりな」

安っぽい縞の財布が留次の手にあった。中身を探ってみると、

「とっ。こりゃぁ、百文もないぜ。とぼけやがってなにが三両二分だ」

「最初からおつまの懐にねじこんでおいて因縁をしかけたわけだな」

十兵衛は白羽織のにやけた眼をおもいだして苦い顔になった。

「ところでおつま、具合はどうだ」

「そうだぜ、旦那も兄貴もおいらも、あたりめえだがおっかさんもえれぇ心配したぜ」

「ご心配かけました」

消え入るような声でおつまはそれだけ言った。

「今はなにも話したくねえのか。それならそれでいいんだが、ま、無事にもどったのがなによりだからな、ねぇ、旦那」

「そうだ。おつまが元気でもどったのが一番だ。ゆっくり休めよ。留次、おまえがおっかさんのところまで送るようにな」

「わかりやした。きょうはずっとおつまの側を離れません」

けっきょくこの日は、おつまに何があったのかは藪の中になってしまった。それでもおつまが怪我ひとつなく帰ってきたので十兵衛は胸をなでおろした。しかし、いつものおつまではないことに変わりはないので、やはり気持ちは晴れぬままであった。

三

大番屋は江戸に七カ所ほどあって、被疑者や関係者を取り調べるところで、容疑が確定して入牢証文が取れるまで、留置しておく場所でもある。小伝馬町の牢屋敷ではこの入牢証文がないかぎり罪人をうけつけない。

与力の高島九十九が、同心の横地作之進の話を聞いた後、奉行から話があって、材木町の三四番屋に顔を見せたのは、昼の四つ（午前十時）をまわった頃である。

番人に声をかけて、奥の板敷きの間に入った高島は、板壁の鐶《かん》に繋がれている二人の被疑者を見た。

その傍らに、拘束されていない一人の男が、焦点の定まらない弱い眼光を、磨きこまれた板敷きの床におとしていた。

「作之進、調べはすすんでおるか」

挨拶もなく高島は、横地作之進に切り出した。

「はっ、なんともつきようがなく、難渋しています」

「話はできるのか」

「片言を断片的に言いますが。すべて尻切れ蜻蛉《とんぼ》です」

「ふむ」

高島は男の様子をまじまじと見回す。向鶴の紋にも眼がいった。

「作之進、この紋所のついた羽織はちと古くはないか。まさか古手屋あたりから調達してきたわけではないだろうな」

「どういうことでしょう」

「そうさなぁ。見るところ、こやつにどうも馴染んでないように見えるのだがな」

男は四十を越えたくらいの年回りだろうか。けっして尾羽打ち枯らしたふうでもなく、月代《さかやき》もきれいに剃られていた。

それでも高島はすっきりした気分になれない。

男がどこかの家中の者であることは、間違いないと思われるが、やはり何か違和感がある。

もし、どこかの家中の御家中のお武家であったら、そうそう軽はずみな吟味などもってのほかだ。げんにここに留め置くこと自体が問題になる。しかし、しかるべき良い方法が浮かばない。

南部様にはとりあえずお伺いはたててある。どこからも尻をもちこまれることはない。手順はしっかり踏んである。

高島はそこまで慎重に考えをめぐらす。それでも一抹の不安が高島の胸をよぎる。

男がとんでもない家中の人間か、あるいは当人がとんでもない人間であれば……。しかし、供一人りついてないところを見れば、それは杞憂かとは思う。

「さて」

聞けば男は昨夜と今朝は、しっかり食事はしているようだ。眼のひかりも格別弱いわけではないが、まだ夢遊病者のような、ふわっとしたところが見受けられた。

「おぬし、ここがどこかわかるか」

男はゆっくり高島のほうに顔をむけて、

「さだかには……」

「そうか。ここは材木町の大番屋なのだ」

「大番屋？　なんですか、わたしが何かご禁令を犯したとでも」

「いや、そうじゃないが、おぬしがふらふらと広小路を歩いていたから、事件にでもあったら困るので、自身番で事情を聞こうと思ったのさ。ところが、おぬしはまったく記憶をうしなってい て、名前はおろか住んでいるところも年齢も、どうしてここにいるかもわからないと言うから、われらは困《こう》じはてているわけさ。おぬし、ほんとうに何も頭んなかにないのかい」

男は何かをさぐるように、目をぐるりとまわしたようだが、かすかに首を振った。

「詮《せん》ないのう。よほど子供のほうがましだわな」

「いかがいたしましょう」

「そうよなあ。いつまでもここに置いておくわけにもいかんし、さりとてどこに返すあてもないしな」

慣例としてこうした一件は、町役人に預けるのがきまりである。町名主と相談してしかるべく解決策をさぐるわけだが、今回の件も手順どおりですんでしまうのだが、高島も作之進も、無責任にそうすることが憚《はばか》られた。

「高札場《こうさつば》に尋ね人で、人相書きを掲げるというのはいかがです」

「高札場も人相書きも、こうしたことで厄介になったとは聞かないな。おおかたは手先などを町中走らせて、聞き込みをかけるのが常道だろうな」

「やっぱりそれしかありませんか」

「しかし、町衆ならまだしもお武家だったらそうは簡単にいかねえだろうな。あとはいつ記憶を呼び覚ましてくれるかだな。たぶんなにか頭んなかを狂わすことがあったのだろうから、もういちど頭んなかを、かきまわすことが起きたら、案外いけるかも知れないな」

と言って高島はまだ気になるらしく、男の羽織に目をやっていたが、つい羽織に手をかけて生地の具合などを指先でいじっていた。その時、

「ん！」

あかりの乏しい部屋で、よく見えにくいが、男の奥襟の首のつけねのあたりに、田の畔のような盛り上がった陰が見えた。

「作之進、これを見てみろ」

高島の切迫した声で、跳ねるように座を立ち、作之進は男の背中にとりついた。そして遠慮もなく、男の背中に手を差し入れた。作之進の右手は、二の腕の半分ほども男の背中に呑み込まれていった。

作之進は、全身が総毛立ち、足元から頭頂にかけて雁木様《がんぎよう》のものが、突き抜けていくのを感じた。

「高島さま、大変な傷です」

「よし、ひん剥いてみろ」

作之進は男に羽織を脱いで、背中を見せるように言った。男は怪訝な目をしたが、素直に上半身をさらした。

「おっ！」

右肩の背骨よりから左腰あたりまで、いっきに斬りおとされたような傷が、巨大な蚯蚓《みみず》のようにはりついていた。たぶん刀傷であろう。それにしても、高島はうなった。

「おぬし、背中の傷はいかがした。この傷でよくも生きていたな」

男はほんの一瞬、眼にひかりを発したが、また惘然《もうぜん》とした世界に沈潜し、首を振った。記憶がまだもどらないということか。

傷はすっかりかわいていて、相当な経年はあるようにみえた。

作之進は男の裸をさっとみまわした。右腕にやや深い傷跡が残っている。あとは小さな刀創が手指にみえた。

「高島さま」

「ああ、とんでもないものが舞い込んできたな。このまま、町役人に預けるわけにはいかなくなったな」

「ここに置いとくわけにもいかないでしょうね」

町役人はその町で起きた、行き倒れ人や迷子などを預かって、食事を支給したり寝るところも用意するが、それにも限度がある。

高島九十九と横地作之進が、炭町の千曲《ちくま》に顔を見せたのは、その日の夕の七つ半（午後五時）

をまわった頃だった。

「いらっしゃい」

白い歯をみせて女将のすずが二人を迎えた。高島は家に三人の娘を抱えているが、無性にこのすずが可愛くて仕方ない。すずは二十七歳の中年増で、今は亡い山茶花《さざんか》の吉弥親分の恋女房であった。

いつもの小座敷に席をしめると、はずむような肉置《ししお》きのすずが酒肴を小盆にのせてきた。切干の煮物と目刺しがのっている。

「おすず、いつもながらいい女だな。江戸にもこんな女がいるかと思うと、すこしでも長生きしなきゃ損だなとつくづく思うよ」

「あら、いつもおじょうず。娘さんたちも器量よしですから、高島さまは千年も万年も生きなきゃなりませんね」

「おいおい、いやみはよせよ。おれはおすずじゃなきゃ、長生きはするつもりはないよ」

ほほほ、とすずは嬉しそうに袂で口をおおって、小娘のように笑った。作之進はいつも二人の茶番ともいえないやりとりを、やれやれという顔をしてつきあっていた。

「作之進、まあひとついこう」

高島は作之進の猪口《ちょこ》に酒をつぐと、自分で自分の猪口に酒を溢れるほどついだ。高島の猪口は作之進のものよりいくぶんおおぶりで、すずが高島のために自らつくったものだ。備前焼の猪口である。

「ところで、あの男だが」

どうする、と眼で言って高島は一気に酒をあおった。高島は大酒家である。

「男の素性がはっきりしないとなると、しばらくはどこかに預かってもらわないとなりませんね」

「そんな気の利いたところはありはせん」

「寺などどこかありませんか」

「探せばあるだろうが、いざとなればな、さてどこの寺があるか」

二人が昼の吟味の続きで頭を悩ませているところに、

「こちらにいらっしゃいましたか」

と近づいてきたのは岡っ引の田茂三。田茂三は横地作之進から手札を受けている。作之進が声に振り返ってみると、田茂三のうしろに田茂三より頭ひとつ大きい如月十兵衛が立っていた。

「お楽しみのところあいすまん」

「これは十兵衛どの」

「茅場町でお会いしまして、旦那をさがしてらしたのでお連れしました。たぶんこちらにお見えかと思いまして」

田茂三は高島も同席していたので、余計なことをしたかと内心危惧した。しかし、千曲に作之進一人でいることはないので、そんな心配をいまさらしても仕方ないことだった。

「そこもとは十兵衛殿、お珍しい。ささ、こちらへ」

高島は一度会ったきりの十兵衛に、きさくに声をかけて長い顔をさらに長くした。

十兵衛は作之進の隣に席をしめ、高島と向かいあう形になった。

「田茂三もこっちでいっぱいやれ」

高島はそう言ったが、

「いいえ、あっしはこっちでやらせていただきます」

と言って隣の席に座布団をどけて座った。すずが田茂三にも酒肴を運んできて、目隠しの衝立を、ひとつ向こうの小卓の間においた。小座敷は小卓が三つ並んでいて、高島らがいるときは遠慮する客が多かった。

「与力殿、おくつろぎのところおしかけたかっこうになって申し訳ござらん。ちょっと男のことが気になって、横地殿にも委細を聞いていましてな」

「いや、お気遣いはご無用。いつもの酒で作之進とは、埒もない吟味の繰言を言っているにすぎないのですよ。まあ、ひとつやりましょう」

高島は銚子をとりあげる。十兵衛は長い腕をのばして受ける。

「大番屋での吟味では何かわかりましたか」

「いや、これはとんだものが飛び込んできましたぞ」

「まだ、記憶がもどりませぬか」

「いっこうにな。ただ……」

高島は猪口を口元に運んだまま、言い淀んで作之進を見た。そして作之進がうなずいたのをたしかめてから、眼でおまえから話せと言った。

「じつは男のからだに凄まじい刀創がありました。背中を斬り下げられていました」

「！」

十兵衛の眉根がくもった。

「傷の様子からすると十六、七年いやもう少し前に斬られたかもしれません。とにかく生きているのが不思議としかいいようがないほどのものです」

「それだけの傷をうけて生きているということであれば、よほどの金創医か本道の医者が手当したということではないか。であれば、男はそこらの貧乏御家人というわけでもあるまいが、番所には男が斬られたような一件は記録にはないと……」

「武家方のことはいっこうにな」

高島は何を言う、という表情を十兵衛に見せて言った。

「南部家の羽織を着ていたというが、何かわけでも」

「わかりません。南部家も知らぬと、けんもほろろの応対で。もちろん男に聞いても答えはかえってきません」

「十兵衛殿、その羽織だがどうも気になる。南部家の者でもないものがその羽織を着てなぜ広小路をうろうろしておる。なにか理由がなければおかしくないか」

高島はそのことが役所にもどってからも頭からはなれず、いままた蒸し返すことになった。

「まさか南部家が偽りを申しているというようなことは」

「まったくないとはいえない。なにかの経緯なり所以《ゆえん》なりがかならずあるはずだと、おれはみているがなにぶんそっちには手がだせないので已《や》んぬる哉《かな》だ」

「……」

三人はそこで話の接ぎ穂をうしなった。

店の土間におかれた卓にも客があふれ、すずと小女が襷がけの姿で、客席のあいだを忙しげに立ち働いていた。田茂三は一人で静かに飲んでいたが、ときおり小女に地口を言って笑わせていた。

「男はまだ三四の番屋に」

十兵衛は作之進に聞いた。

「そうです」

「あそこは犯罪者を留めおくところ。いつまでもおいておくわけにもいかないのではないかな」

「それで高島様とも頭をかかえておるのです。十兵衛殿どこか預かってもらえるようなお寺などありませぬか」

十兵衛は八溝の虞門の寺を一瞬頭に浮かべたが、江戸からの八溝までの道中を思うと気持ちをきめかねた。

それに男の記憶がもどるためには、江戸にいなければならないような気もした。同時に男は記憶を取りもどすことによって、辛い現実にふたたび直面することになるのではないかと、余計な心配も捨てきれなかった。

しかし、どんな結果を出来《しゅったい》させようと、このまま男を放置することはできない。

「どうだろう。それがしに預からせていただけまいか」

高島も作之進も一瞬、猪口を持つ手がとまった。

「十兵衛殿、まことですか」

「いや、ご懸念にはおよばぬ。いささか捨ておけぬ気がしてな。いかがだろう与力殿」

「かまわぬが、手に余ったらいつでもお申し越しくだされ。いずれにしても男の記憶がもどるのが一番だがの」

高島は言って、空の銚子を取り上げ、左右に振っただけでまた元の位置においた。いつもの高島らしくなく酒のすすまない一夜だった。

すずもその気配を察したのか、今日は高島の卓にいつものようには寄りつかなかった。

作之進もお役目をまっとうできず、中途半端な気持ちのまま、生酔いの頭をゆらしていた。

三四の番屋で、十兵衛が男を預かったのは、戌の刻（午後八時）をまわった頃だった。番屋で提燈を借りて、田茂三を先頭に、男と十兵衛が並んで、楓川沿いの大通りを江戸橋に向かって歩き出した。

高島が田茂三を連れていってくれと十兵衛に言ったのは、親切なのか十兵衛が男をどこに連れていくのか仔細をあとで報告させるためなのか、そのどちらでもあるなと十兵衛は納得して、いま田茂三に提燈を持たせている。

時折り、男の様子をみるが、足取りも軽く、表情にもとくに屈託があるようには見えない。が、無月の闇のせいでもあるが、男の顴骨《けんこつ》の下あたりの陰が濃いような気がした。

「そなた、このあたりの町の様子におぼえはござらんか」

十兵衛は聞くとはなしに言ってみる。男はうっすらと髭がのびだした顔を、田茂三の背中に向けたまま、

「かすかなおぼえがないこともありませんが、やはりしかとは像を結びません」

「そうか。まあ、そんなものかもしれんの」

「十兵衛殿、でしたか」

「そうだ。江戸では如月十兵衛を名乗っているが、まあ名前などなんでもいいのだ」

「どうして厄介者のわたしの面倒をみられるのですか」

「そなたも厄介者になりたくてなったわけではないであろう。己がおもうところに、かならずし

も舳先《へさき》がむかうとはかぎらないのが、この世ということじゃないか」

「それにしても……」

「奇矯《ききょう》ということか」

「……」

「まあ、そんなに気に病むこともござらん。それよりそなたの背の傷はいかがいたした。生死を分かつような刀創だ。よもやそんなことも頭からすっぽり抜け落ちたわけでもあるまい」

「……」

男の横顔は闇夜にも暗い顔に見えた。

「家族はいないのか」

「妻や子に囲まれていたような気もいたしますが、それが自分の妻や子なのか、見かけた親戚の家族なのか、知人の家族なのかぼんやりしております」

「そうか。住んでいた家や、小さい頃育った家などの、門やら庭やら近くを流れる小川やらを思いださぬか」

「うっすらと雪をいただいたような、山の稜線などは思いだされますが」

「たぶん北のほうの国ではあるな。そなた、南部家のことは何か記憶にござらぬか。その羽織は南部家家中のものではないか。どうしたわけで、そなたはそれを羽織っておるのか、のお」

「まったくこれはわかりませせぬ」

「おいおい思いだすだろう」

木戸番が閉まる四つ（午後十時）までには、町々を抜けたいなと十兵衛は思った。

「親分、いまどのあたりまで来たかな」

「へい、大伝馬町を過ぎまして通旅籠町《とおりはたごちょう》に入ったところでございます」

「代地河岸《だいちがし》までだ。あとそうは時間もかからないな。郡代屋敷を越えたあたりでそばのいっぱいでも手繰《たぐ》るか」

十兵衛は用心棒も板につき、そんな言葉もひょいと口をついて出る。今はない妻の律が聞いたら仰天して腰をぬかすことだろう。


神田川の代地河岸の船宿富樫の箱行灯《はこあんどん》にはまだ灯が入っていた。

十兵衛が腰高の引き戸をあけると、板前の忠七が前垂れで手をふきふき出てきた。

「十兵衛さま、いらっしゃいまし」

「忠七、女将は」

「はい、裏のほうに」

「そうか。遅くになってすまんが、酒とかんたんな肴をこしらえてくれぬか」

「承知いたしました」

富樫の女将久美は船宿の裏手に二階屋を借りて住んでいる。一人住まいの久美には広すぎる家なので、十兵衛はときどき余った部屋を、わが部屋のように使っていた。しかし、久美は池之端仲町の俵屋の久慈川香右衛門、またの名を須長辻盛《すながつじもり》とは訳有りの仲である。

「女将、夜分にすまん」

十兵衛が声をかけると、島田の髪を手でおさえながら、久美が笑顔を浮かべて顔を出した。

「まあ、十兵衛さま。お久しぶりでございます。お元気でいらっしゃいましたか。あら、お連れさまですか」

「すこし厄介になる」

久美は先に二階への階段をのぼっていき、三人分の座布団を座卓のまえに整えた。

「じつは女将に頼みたいのだ。こちらにいるお方は自身番に保護されたのだが、どうも記憶を失くしているようなのだ。それで番所でも処置に困っていたのを、わしが勝手を言って預かってきたのだが」

久美は男を見、田茂三を見た。

田茂三のことはどこかで会ったことがあるかもしれないと思った。なりからみて岡っ引の親分と思われるからである。ただ、男はどこかのお武家のように見受けられるが生命力が感じられなかった。

だが、久美は十兵衛の頼み事は、どんな事であろうと引き受けることにしている。久慈川香右衛門といっしょにいるかぎりそう決めているのである。

「かような醜態をさらしてまことに面目ござらぬが、しばらくご厄介をおかけいたします。かかりの費用はきちんとお支払いいたします」

と言って、男は懐に手をいれ、もぞもぞして腹巻の中から、厚紙に包まれた紙入れを取り出して、十兵衛に差し出した。

見ていた田茂三は目を瞠《みは》った。

男の持ち物はひと通り番屋で調べたが、裸にしてまでは調べなかった。それだけこの男を軽くみていたのだが、いまとなっては厄介荷物になってしまったと苦虫を噛む。

「おまえさん、よくこの紙入れが、腹んなかにあることを憶えていなすったね」

「いえ、なぜ紙入れがあるのかはわかりませんが、腹巻に何かがあるのはわかります。それが紙入れであるのもわかります。それがわたしの腹巻にあるのですからたぶんわたしのものかと思って、お支払いにお使い願いたいと思うだけです」

「ははは、そなたの言うとおりだ。紙入れはたぶんそなたのものであろう。それは女将に預かっていてもらおう」

十兵衛は男の言う理屈をもっともだと思った。男は狂ってなどいない。

階段をのぼる足音がして忠七が酒肴を誂《あつら》えてきた。久美がそれを受け取って卓にならべた。

蕗の薹《とう》の煮びたしと八杯豆腐の小鉢がならんだ。

けんどん蕎麦で腹もすいていないが、三人は盃をあげ、黙って何にとはなく頭をさげてから口にはこんだ。

神田川の岸を食む水音が、障子越しに聞こえ、四つ前に急ぐ町駕籠の後先《あとさき》の掛け声が遠く近く聞こえてくる。

まもなく浅草の鐘も本石町の鐘も耳に届く頃だ。

階下に下がっていた久美が階《きざはし》を上がってきて、階をのぼりきる手前で、

「十兵衛さま」

と呼んだ。

十兵衛は立って、久美について階を一階におりた。そこで、

「これ」

久美がさきほど十兵衛が久美に渡した男の紙入れを見せた。

「いかがいたした」

「十両もあります」

「そんなにか」

懐にそれだけの大金をよく盗られもせずに、しまっておいたものだと十兵衛は思った。ふらふら町を歩いていたとき、物盗りに襲われなかったということだ。

「頭が狂っているわけでもないから、なんとか面倒を頼む。そのうち記憶がもどるだろうから。というより、おかみ、わしは男の記憶がもどったらとんでもないことが起きるような気がしてな

らぬよ。ちと、後悔しているのだ」

「でも、ほうってはおけないのでしょう」

久美には珍しく拗ねたような物言いだった。

「すまんな」

十兵衛は久美に両手をあわせた。

「わたしも……」

「わたしも？」

「地獄が口《くち》を開けて待っているのではないかという気がします。わたしはお馬鹿ですけど勘はあたるんです」

「ほんとうか。やはり番所に返すべきか。与力殿は手にあまったら返してくれと言っているからな」

「でも、それでどうなることでもございませんでしょう。あの方は悪い人に見えませんもの」

女のほうがよほど肝が据わっている。十兵衛は深くため息をついた。

第二章　花魁《おいらん》藤野

一

神棚の下に仕舞札《しまいふだ》がゆれている。

台所の様子を見に階下におりたときにも、階段脇に貼られた仕舞札が玄関から入る風にあおられていた。札には御仕舞藤野と書いてある。

札の頭には客の名前も書いてある。

「はあー」

小半刻（約三十分）前から、藤野はため息ばかりをついている。遣《や》り手のおしんから、

「しっかりおしよ。まだ陽が高いんだから、そのうちあんたの胸に飛び込んでくるからさ」

となぐさめとも、励ましともとれる言葉をなげかけられるのも、何度になるだろう。

松葉屋では朔日と十五日は毎月紋日《もんび》（客をとらねばならない日）になっていた。

もちろん五節句などは当然のことに紋日である。

紋日に馴染《なじ》みの遊女を一日中買い切るのを仕舞といった。すると、妓楼《ぎろう》では仕舞札に、客の名前と遊女の名前を書いて、人目につくところに貼り出した。

そうした客のいない遊女は、紋日がくることを恐れた。肩身が狭いし、情けない。それで身揚《みあ》げすることになる。一日自分で金を出して、自分で自分を買うのである。

張見世《はりみせ》（店先にでて客を待つ）にも出ないから一日中不貞寝《ふてね》でもするしかない。それで借金だけは増えるのだった。

藤野にはちゃんと仕舞の客がついたのだが、もう昼の八つ（午後二時）になるというのに、まだあらわれない。

「これ、おのぶ。吟三からなにか預かってないのかい」

藤野は禿《かむろ》にきつい声をだした。

「文使《ふみつか》いの吟爺はさきほどみえました」

吟三が持ってきた、女郎宛の文を持って坊主禿が、遊女の部屋を出入りするが、座敷持ち局女郎《つぼねじょろう》の藤野には一通の文も届かなかった。

「清さんは不実な人ではありません」

藤野は先ほどからそばについている、振袖新造《ふりそでしんぞう》（見習い期間の女郎）のかえでに同意をもとめるようにつぶやく。

かえでも姉女郎の藤野の、馴染みの客はよく知っているので、よもや仕舞をつけて登楼《とうろう》しないことなど考えられないと思っていた。

藤野が清五郎と馴染んでから、もう三年の月日を重ねた。

藤野の客のなかでも手間のかからないほうだった。

おかしな話だが、どこの誰べえとしれないのに、三年も馴染み客として藤野のもとに通ってきた。

遊びはいたって大人で、藤野はこういう客が五人もいたら吉原も捨てたもんじゃないと思っていた。しかし、じっさいはそうそう清五郎みたいな男ばかりじゃなかったので、早く足を洗いたいと思っていた。

藤野は二十二歳、あと五年の辛抱だ。

（そうしたら、馴染みの誰かにひいてもらうか、居職《いじょく》のかみさんにでもして貰えたらこんなしあわせはない。三十歳過ぎて番頭新造になって、花魁の世話などしてここにいるのは死んでもごめんだ）

と思っている。

ある日、清五郎は藤野にこんなことを言った。

「おまえさんに言ってもしょうがないだろうが、じつはな、ある男を捜しているんだ」

「どんな人」

「この世でもっとも恐ろしい男だ。ぜったいに会いたくない男だ。だが……」

「……」

藤野の襦袢《じゅばん》を着込んだ清五郎は、二枚重ねの布団に腹ばって、煙草盆を引き寄せ、藤野が火をつけてくれた長煙管を吸った。

「そいつは指が」

「指？　手の指？」

「いや、足の指だ」

左足の薬指が異様に長いのだ、と清五郎は言った。

「そんな男を知らないか」

「知らないね」

「おまえさん、足の先までねぶるのがうまいから、もしかしたらと思って」

「いやだ、清さん。わっちが誰でもかでも情をやっていると思いかい」

と言って藤野は清五郎をぶった。

清五郎は「あっはっは」と大きな声で笑った。藤野は清五郎が大口をあけて笑うのをはじめて聞いた。

そんなやりとりをしたのが、まだ松の内の頃だった。

それから藤野はそのことが気になって登楼する客の足に眼がいくようになってしまった。初会の男とは同衾《どうきん》しないのがここのきまりだったが、場合によってはその禁を破っても一人でも多くの足の指を見ようとした。

その甲斐があったというべきか、松葉屋の籬《まがき》の格子から、太神楽《だいかぐら》の獅子舞が笛や太鼓で踊っていたのをおぼえているので、その日は二月の初午の日であったろう。藤野は引き手茶屋の増田屋に客を迎えに行った。

はじめての客だった。

浅黒い顔が光っていた。歳は四十をいくつか越えたあたりで、眼は猫の目のように黄色がかった灰色をしていた。

藤野のこころのすべてを見透かしてしまうような目の動きだった。

藤野は戦慄をおぼえた。褄《つま》をとる白い左手がかすかに震えた。

「そういえば」

増田屋に来る途中、松葉屋の若い者が藤野を先導しがてら、

「出雲の松平様の御家中と申されていますが、いままでみたこともない侍です。気をつけなされ」

と言ったのが甦る。

大きなからだに羽織袴姿である。腰に二刀はない。どこかに預けてきたのか。引き手茶屋や廓に預けるのを、好まない侍もいるにはいるが、藤野はいぶかしんだ。

男は一人で登楼したようだ。

名前を田原市左衛門と名乗った。

初会は顔あわせで酒も飲まないし、煙草も吸わない。話もしないのがならいである。二会目で裏を返し、三会目で馴染みとなり酒も飲み、話もし、床に納まるという次第であった。しかし、場合によってはそんな悠長なことは言ってはいられない。

時代がくだるほどそのあたりは簡略化されていく。

藤野は清五郎の頼みを真にうけたわけではないが、客の指が気になって仕方なかった。

田原市左衛門は、金払いはいいほうだった。それで遣り手のおしんもしぶしぶながらも帳場に通し、初会で藤野の床の客となった。

田原は年齢を感じさせない鍛え抜かれたからだつきで、二の腕などに触れると弾きかえされそうなほどだった。それでいてしなやかな動きをする。相手を射すくめるような目だけが不気味だった。

藤野は早く田原の左足にたどりつきたかったが、執拗な田原の愛撫は、ともすると藤野にすべてを忘れさせるような、不思議なちからをもっていた。

その間、田原はひと言もいわない。

田原は疲れを知らない男だった。休む間もなく藤野を布団におしつけ、ざらっとした舌を藤野の全身に見舞った。

「許してくれなんし……」

たまらず藤野は、男の首に両手を回しながらもそう言った。

「ぬしさんにはかないません。からだがこわれてどうにかなりそうですえ」

薄暗がりのなかで「うふふ」という田原の低い含み笑いが、藤野の耳朶《じだ》をうち、燃えたぎったからだに、ざあーっと冷水をあびたような悪寒がはしった。

そこではじめて藤野は攻守ところを替えて、田原の下半身に上体をかぶせていった。

田原の腰はどっしりして揺るぎなく、まるで臼のようだった。それをささえる二本の足は太い欅のようだ。

藤野は田原のからだに、愛撫をくわえながら、おそるおそる左足に手と口をはわせていった。

「！」

暗がりで藤野は大きく目をみひらいた。田原の草鞋のような足のその薬指は、藤野の手の親指ほどもあろうかと思われる、異様な大きさだった。

藤野は全身が総毛だった。

ぶるぶるっとからだを震わせて、田原のからだから転げおちそうになった。

「どうした」

はじめて田原が口をきいた。

「ちょっとめまいがいたしました」

藤野は田原の脇にあお向けて倒れこんだ。どきどきして胸の動悸がとまらない。

（清五郎さんが言っていたのはこの男なのか。そうだとしたらどうなるのだろう）

清五郎は捜しているが、会いたい男とはいってなかったようだが、と藤野は清五郎のはっきりしない口ぶりを反芻した。

それでも今日のことは清五郎に伝えようと思った。それにはもっと男のことを知る必要がある。

長い房事が終わって、藤野が田原から聞きだしたことは、

「浅草寺裏の田楽やで昨日は飲んでいた」

ということだけだった。


清五郎が松葉屋に姿を見せたのは田原市左衛門が登楼した三日後だった。藤野はいまかいまかと清五郎がくるのを待っていたので、いざ清五郎があらわれると急にどぎまぎしてしまった。

遣り手や振新が部屋にうろうろしてるにも構わず、清五郎の袖をひいて、

「清さん、とうとう見つけなんした」

と清五郎の膝に倒れこむようにして言った。

「誰をだい」

「もう、何を言いなさる。捜していた男があらわれなんした」

「ほんとうか」

清五郎は予期せぬ藤野の言葉に動転した。

「とうとうあらわれたか」

みるみる清五郎の表情がくもっていく。

「清さん、どないしたらよろしい。田原市左衛門と言ってました」

「指は、指はどうだった」

「清さんが言ってたよりもおおきな指をしていましたえ。ほんとうにそのお方が捜してるお人ですか」

「からだはどんなふうだ。歳のころは」

「大きなお人でお歳は四十を越えたくらいで、いろの浅黒いお方でした。そうそう、怖い目をしてました。すくみあがるような」

「そうか。間違いないな」

清五郎は考え込むように押し黙ってしまった。せっかく苦労して千載一遇ともいえる男を清五郎のために見つけたのに、なんだか気がぬけてしまった藤野だった。

「ねえ、清さん、どうするつもり。なにか恨みでもありんすか」

「いや、まさかな。おまえさんが見つけてくれるとはな。すっかり忘れるつもりでいたのだが」

「煮え切らないね。藤野でかしたぞ、と言ってくんなまし」

「そうだな、でかした」

「なんだか嬉しそうじゃないわね。あっ、その田原という侍、浅草寺の裏あたりで飲んでいると言ってなんした」

それから清五郎は一度だけ藤野のところにやってきたが、その時はいつもと変わらぬ様子で泊まって、朝早く帰っていった。田原市左衛門の話はでなかった。藤野もあえて触れなかったが、物足りない思いが残った。ただ、三月十五日の紋日の仕舞だけは藤野に約束してくれていつものやさしい清五郎だった。

それきりで今日の紋日を迎えたが、まだ清五郎は松葉屋に顔を見せないどころか文ひとつ届けてくれなかった。

二

深川相川町は永代橋の南、佐賀町と熊井町に挟まれた小さな町である。このあたり一帯は猟師町とよばれ、もとは干潟であったのを居住地に築地をしたのである。元禄年間に猟師町の名はなくなったが、つい三年ほど前までは、将軍家に蜆や蛤やキス、鯛、えびなどを上納していた。

おつまが働きにでている一膳めしやの「三春」は、御船手組の屋敷の西側に縄のれんをさげてあった。

その三春に如月十兵衛と桃春と千代が、いつもの三人連れでやってきた。

おつまがまた前のように働きはじめたと聞いてやってきたのだった。昼の四つ半（昼十一時）をまわった頃で店の前の通りは忙しく行き来する人が多かった。

明るい外から店のなかに足を踏み入れると、夕暮れのようなほの暗さだった。目がなれてみると、飯台やら腰掛けやらが、きちんと掃除が行き届いてならんでいた。

三人が並んで立っていると、板場のほうから主らしい中年の男が、

「いらっしゃい」

と言って出てきた。そのあとから煮炊きの手伝いでもしていたのか、おつまがあらわれた。

「おつまさん」

「あら、千代さん」

驚いた表情をしたが、嬉しそうにかけよってきた。おつまは十兵衛にあたまをさげてあいさつし、桃春にちかづいて手をとった。

三人は四人掛けの飯台にすわって、壁にかかっている品書きのなかから煮魚や煮物、味噌汁を注文した。板場に注文を通したおつまは、そばにきて、

「先日はありがとうございました」

と十兵衛に言った。

「心配したが元気そうで安心した」

「あれから留次さんが気遣ってくれて気持ちも落ち着きました」

「そうか。何事もなくてよかった。あとで富岡の八幡様に詣でようと思っているので、手がすいたらいっしょにどうかな。ご主人にはわたしからお願いしてみよう」

「わかりました。これから一刻ほどは忙しいですが、それを過ぎたら手がすきます」

「おつまさん、さっき手を握ったらとっても元気そう、あたたかくてやわらかくて」

桃春はそんなことを言った。おつまは少女のようにはにかんで、

「桃春さん、ありがとう」

と言って、入ってきた親子連れに、

「いらっしゃい」

と声を張りあげて三人の席を離れて行った。

飯台にならんだ鰈《かれい》の煮付け、鰯《いわし》と鰊《にしん》の塩焼き、煮豆、小松菜のおひたし、沢庵、梅干、味噌汁は蜆の味噌汁と豆腐の味噌汁である。

桃春は一膳めしやで食事をするのははじめてで、いつもより興奮している。

「お嬢様、いかがですか」

「おいしいわね。魚もおひたしもごはんにぴったり。わたしもお料理してみたい」

「お料理はお嬢様のお役目ではありませんから無理です」

「でもおもしろそうじゃない」

「そう、わたしも用心棒の端くれ、台所仕事のひとつもしないといけないのだろうが、なにせ江戸はそれをしなくてすむ屋台が、どこにもあってありがたいはなしだ。お千代どのは料理の腕前はいかがかな」

十兵衛は箸をとめず千代に話をふる。

「家では母よりわたしのほうが料理の腕はたしかよ」

千代はきっぱり断定した。

「そんな気がするが、横地どのに今度たしかめてみよう」

「まあ、信用なさらないのね。十兵衛さまはこの頃、すこし意地悪じゃありません」

「あっ、いや、そう気を悪くするでない。他意はないのだ」

「ふふ、あわてちゃって。十兵衛さまは兄以上に女の気持ちを知らないんだから」

「お千代どの、それはいいがかりですぞ。わたしが妻帯していたことはご存知であろう」

「もちろん知っています。だからといって女の気持ちがわかっているとはとてもとても」

「ふ〜ん、これは手厳しい。まぁ、横地どのよりはましだということでここはいったん矛《ほこ》を納めよう」

「逃げたわね」

にぎやかに応酬している二人の隣で、桃春が上手に魚の骨をのぞいて、白い身を口にはこんでは蜆の味噌汁を飲んでいた。小さな蜆の身も貝からきれいになくなっていた。

おつまの仕事が一段落するのを待って、十兵衛たちは富岡の八幡様にむかって歩き出した。

八幡橋を渡るとまもなく一の鳥居が見えてくる。この一の鳥居から入船町あたりまでが馬場通りである。かつてこの広い通りでは流鏑馬《やぶさめ》がおこなわれていた。

まもなく大栄山永代寺がみえてきた。その東側に八幡宮はある。

ここの夏祭りは日枝神社、神田明神とともに江戸の三大祭りとして江戸っ子の人気だった。

境内には有名な二軒茶屋の料亭、伊勢屋・松本が大きな松の木にかこまれて広壮なたたずまいを見せている。

四人は賽銭箱に銭をなげ、手をあわせた。それから緋毛氈をしいた床机をだしている茶屋に入った。


今年は寒さで梅の開花が遅く、弥生に入って満開という老木もあるようだが、八幡宮の梅はすっかりたくさんの若葉をつけていた。

ときおり埃っぽい風が、茶屋の店先を吹き抜けていく。四人は床机に腰掛けて、しばらく青い空を見上げていた。

桃春も見えない目で白い頤をみせて空を仰いでいる。

「あの日に何がおきたのか聞いてもかまわぬか」

十兵衛はおつまの横顔に聞いた。四人は床机に前を向いて並んですわっていた。十兵衛、おつま、桃春、千代と兄妹のようにすわっていた。

「あの日は、長屋を出るときから妙な日でした。わたしが働きにでるときにかならずすり寄ってきて、食べ物をねだるたまが来なかったし、向かいのおつね婆さんに、味噌汁の余りを届けたら、八年も家に寄りつかなかった息子さんが、たくさんの土産をもって帰ってきていて、婆さんの面倒をみていたり、福島橋の上から堀をのぞいたら、鯔《ぼら》の子が水面を覆うほど泳いでいました。変な日だなあと思いながら働いていたら、見知らぬ女の人が言付かったと言って文をおいていったのです」

おつまは佐代吉夫婦に育てられたが、夫婦は貧しいやりくりのなかで、おつまを寺子屋に通わせていた。おつまは寺子屋の師匠が褒めるほど賢い子だった。そんな風だったからおつまは目に一丁字もないことはない。おつまが幼馴染の留次と掏《す》りのまねごとをしていたのは、いまとなっては不思議議としかいいようがない。

「しごとが一《いち》段落したところで、そっと誰にも見つからないように文をみました。やっぱり、と思ったのです。いつかこういう日がくるのではないかと。それはこわいような思いといっそなにもかもすべて知りたいという気持ちでした」

「おつまが稲葉守の門前で拾われたことについてだね」

「はい。わたしのほんとうの両親のことと、捨てられたわけについて話したい。それとわたしにぜひ頼みたいことがある、ということでした」

「ふむ」

「わたしは店の主人や、おっかさんに迷惑をかけると知りながら、誰にも何も言わず約束の場所にいきました」

「それはどこですか」

千代がたまらず生唾をのみこんで尋ねた。

「中御徒町のお医者です」

「医師？」

「なんというお医師か」

十兵衛が膝を乗り出す。

「河野という名前でした」

「それでおつまは名前をつげたのだな」

「はい。文もみせました。じつはもう一通、そのお医者にあてた文があったのです」

「医師にか」

「はい。そうしたら、こころえました、しばらくくつろいでお待ちなさいと親切に奥の客間に通してくださいました」

「約束の時間はありましたの」

桃春も心配のあまり口をはさんだ。

「はい。八つ半（午後三時）でした。わたしは八つ半すこし前には訪ねました」

「それで」

「約束の時間になってもその方はあらわれませんでした」

「その仁の名前は？」

「文には浪右衛門とかいてありました」

「浪右衛門……」

「それから」

これは千代。

「はい。このまま帰るわけにはいかないと思って待ちました。お医者も同意してくれました。それでも浪右衛門さんはあらわれませんでした」

「騙《だま》された？　だれかの騙《かた》り事《ごと》」

「いえ、わたしは間違いなくわたしの出生の秘密を知っている人だと思っています。まちがいありません。いつか、いつかこんな日がくるとずっと思っていましたから。それがその日だったのです」

おつまはそう言って唇を噛んだ。

「それではけっきょく、その仁には会えなかったのだね」

「はい、すすめられるまま、河野というお医者の親切にあまえて泊めていただきました。ひと晩眠れぬままに朝を迎えましたが、それでも浪右衛門さんは来ませんでした。あきらめきれぬままお医者にわがままを言ってもう一日待たせて欲しいとお願いしました。お医者は気持ちよく願いをきいてくださいましたが、とうとう浪右衛門さんはあらわれませんでした」

「それから、両国橋のできごとになるのだな」

「はい。ぼんやりしてました。十兵衛さまが通りかからなかったらひどいめにあうところでした」

「いや、あれは留次の手柄だ。わたしもうまくやつらの罠にはまるところだった。話はもどるが、なんとかしてその浪右衛門なる仁を見つけ出さないといけないな。ほかに何か思いあたることはないか」

「はい」

「その言付けを持ってきた女は何か知らないのか」

「はい、文を渡していったきりで、知らない女の人です」

「そうか。その仲御徒町の河野という医者に、会うしか手はないのかもしれない。浪右衛門とどういう関係なのか、浪右衛門の人となりを、知る必要があるということだ。そうすれば浪右衛門があらわれなかったことも白日のものとなろう」

「八幡様にお祈りしましたからおつまさん、きっといい結果がでますよ」

桃春は静かに話を聞いていておつまを励ました。

「今日は留次はどうしている？」

「おっかさんの具合が悪いので留次さんが世話をしてくれています」

留次は富蔵の紹介で、下っ引の真似事をしていたが、今は富蔵といっしょに勝五郎親方のもとで、木舞掻きの手伝いをしている。

「おっかさんはどこか悪いのですか？」

「いえ、風邪っぽいと言ってました。いつも縫いものを預かったり、近所の子のお守りを頼まれたりして、日を暮らしているのですけど、この二、三日そんな調子なんです。わたしが心配かけたのもいけなかったんです」

「心配ね。じゃ、せっかく深川まで来たのだから、おっかさんの様子を診てみましょう。ねえ、お千代」

「そうですね。明るいうちには帰れるでしょうから。十兵衛様はいかがされます」

「用心棒がこう言ってはまずいのだが、その河野という医者にこれから会ってみたいがいいだろうか」

「そうなさいませ」

桃春は言下に言った。自分のことよりおつまを何とかしたいという桃春の気持ちが伝わってくる。

「じゃ、そうしよう」

と十兵衛も気持ちをさだめて、早くも足は大川のほうに向いていた。

大川端まで出て、道を北へとった。仙台堀にかかる上の橋、小名木川の万年橋を越えて御船蔵の裏を通って両国橋に出た。橋の西詰めに出たところで、

「旦那ぁ〜」

と叫ぶ声が。

「旦那ぁ、お待ちなすって」

「おっ、留次、どうした」

「ひゃあ、やっと追いついた。足が速いですね」

「桃春どのとお千代どのに会ったか」

「へい、びっくりしやした。おっかさんも寝てるどこじゃありません。桃春さんが診てくれましてくすりももらいました。寝てれば明日にも元気になるそうです。それであっしも長屋でくすぶってるのも好まないので、旦那を追っかけてきたというわけで」

「良かったな。おつまも安心だろう」

「そりゃぁ、やっぱり母一人子一人ですからね。ところで旦那どちらへ」

「聞いていないのか」

十兵衛は仲御徒町の医師河野暮庵宅に行くことを留次に告げた。手紙のことについても話した。

「えっ、はじめて聞きました。そうだったんですかい、なにか深いわけでもあってのことですか」

「深いわけといえばおおいにそうだといえるが、それはこれからその河野という医者に会って聞かなきゃならないのだ」

二人は両国橋の橋番所を右に見て、柳橋の手前にさしかかっていた。

「そうだ」

「なんです。藪から棒に」

「おまえさんに見せたいものがある」

「きれいなもんですか」

「そういうんじゃないが、まあせっかくだからちょいと」

と言って、十兵衛はすぐそこの代地河岸の富樫に、立ち寄ることにした。

花の季節で、この時分は舟遊びの客や、浮かれて遊所に繰り出す飄客《ひょうかく》で、船宿は大忙しである。

富樫でも臨時に若い娘を雇って、久美が陣頭指揮をとっていた。

「まあ、十兵衛さま。留次さんも」

「女将、てんてこ舞いだね」

「ちょっと自前の船だけでは、追いつかない客の寄りつきようで困りました」

「船頭も足りないのだろうな。わたしか留次が役にたてばいいんだがすまないな」

「いいえ、十兵衛さまに尻端折りに長い棹は似合いませんから」

「あはは、用心棒をおろされたら、やっかいになるかもしれないからその時はよしなにな、女将」

「はいはい。ところで今日は」

「御成りさんはどうしている？」

「おりますよ」

十兵衛が大番屋から預かってきた男を、富樫では御成りさんとよんでいた。御成り道で保護されたので仮にそう名づけた。

「そうか。ちょっと留次に顔を見ておいてもらおうかと思ってな」

それから十兵衛は留次に、男を富樫に預かった経緯を話した。

「御成りさん」

久美の家の二階にいる男に十兵衛は声をかけた。

男は香右衛門の着物と帯を、久美にだしてもらって身につけていた。

「なにか思いだしたかな」

「すみません、いっこうに」

「そうか。まあ、ゆるりとな。たまには外に出たら気分も変わってなにか思いだすかもしれないがな」

「はい。そういたします」

男は素直に言って頭をさげた。

十兵衛は、留次に男の顔や様子をよく見ておいてくれと言った。

それからお茶の一杯も飲まずに久美の家を出た。

「留次、どう思う」

「いっこうに変わったところは見えやせんが」

「頭はあたりまえに働くが、なにも憶えてないというだけで、人をこれだけ厄介なものにしているんだ。それでな、急にお前に御成りさんを見てもらったのは御成りさんが見つかったと思われる場所のまわりで、あの日の御成りさんを見かけた人がいないか、聞きまわってほしいんだ。

もっと早くそれをやるべきだったが、番所もわしも御成りさんを軽く考えていたからな。ちょっと、遅きに失したかと思うが、あの背中の傷をみたらただ事じゃないと思わざるをえないわけだ」

留次も男の背中の傷について聞いた時は、話だけでぞっと身震いがした。

「旦那、こりゃあ、やばい橋ですね」

「おまえもそう思うか」

「逃げ出したいくらいです」

「ここの女将にもそう言われた」

「酔狂にもほどがありますよ」

「だが、女将はわしがそうしたいなら止めないと言ったぞ」

「あっしだって止めやしませんが、いや〜な感じがします」

「やっぱりそうか」

「そうですよ。旦那の気が知れませんや」

「しかし、放ってはおけないだろう」

「番所にまかせればいいんですよ」

「番所も手をやいて困ってな」

「それを旦那が担ぐことはないでござんしょ」

「留次は手を引くのか」

「みそこなっちゃいけませんや。あっしだってこのまま見過ごしにはできません」

「うん、そうこなくちゃな。留次一人で手におえぬようだったら、誰か知り合いに声をかけてみろ」

「まかしておくんなせえ」

十兵衛は留次にこれをつかえと言って、財布ごと留次にわたした。

二人は浅草御門から神田川沿いに左衛門河岸を伝って、薪屋や材木屋がならぶ佐久間町二丁目の角をまがって、通御徒町に入り、番方の屋敷町をしばらく行って、辻番の角を西に一丁ほど行ったところで下谷練塀小路にぶつかった。それを右にとって一、二丁行って西に向かうと、下谷長者町に行き着く。そのあたりに医者の家があるだろうと見当をつけて黙然と歩いた。

三

医師河野暮庵の家は糸屋のわき道を入った袋小路の突き当たりにあった。

晩春の日が、木瓜《ぼけ》の低木の厚手の葉や紅色の花に、残照をとどめている。

留次が「ごめんくださいやし」と薄暗い部屋にむかって声をかけた。留次の声はそのままいったきり、しーんとした静寂だけを送り返してきた。

「留守ですかい」

十兵衛が足元を見ると、男物の雪駄が二足おかれていた。

「ごめん、誰かおらぬか」

「いませんぜ。格子が開いてて無用心なこった」

「おかしいな。裏にまわってみるか」

二人が玄関をいったん出て、脇の木戸から裏庭に行ってみると、小さな池があってその池の縁に雨戸が一枚落ちていた。

「！」

十兵衛が、

「留次あれを見ろ」

と指差す先に、十徳《じっとく》を着た総髪の男が畳の上に倒れていた。

縁先をかけ上がった十兵衛は、暮庵のまわりに大量の血溜まりをみとめた。

「おい、お医師どの。しっかりしろ」

十兵衛のよびかけに暮庵はこたえなかった。

「しまった。遅かったか」

「駄目ですかい」

「暮庵は外から帰ってきたばかりのところを襲われたんだろう、たぶん、な。賊はつけてきたのか、ここで待ち伏せしていたのか。いずれにしても人を殺すのに慣れたやつだ」

暮庵の左胸の下に赤黒いしみが広がっていた。

留次と富樫に寄っていなければ間に合っていたかもしれないと思うと、十兵衛は悔やみきれなかった。これでおつまの出生の秘密は謎のまま永遠にとざされてしまったと十兵衛は天をあおいだ。

部屋をざっとみると、とくに荒らされているところは見当たらなかった。物盗りのしわざでもないとすれば、暮庵殺害が目的か。

「自身番に届けますか」

「やめておけ。通いの婆さんか誰かいるだろうから今日、明日中には発見されるだろう。いつまでもここにいるのはまずい」

十兵衛はもう一度部屋を見回した。何か重大なことを忘れているような気がしてならないが思いだせない。それから何もいじらずに元のままの状態にして庭におりた。

花桃の木の根方の下草が、一部踏みにじられていた。

「あまり荒らされてはいないな。賊は一人か二人、いや一人だろう。暮庵は武芸の心得はなかったようだ」

十兵衛はつぶやいて無念さをにじませた。

後ろを振り返りつつ木戸を出ようとした時、急に思いだした。

「そうか、あれだっ」

十兵衛は留次の袖をひいて、また暮庵の部屋に取ってかえした。

「旦那、どうしました」

「留次、手紙だ。手紙があるはずだ。おつまがここに来る時に暮庵あての手紙を預かって持ってきたはずだ。それを捜そう。時間がない。人がくるぞ」

「わかりやした。手紙ですね」

二人はそれぞれ二つの目を、四つにも五つにもして部屋のあちこちを捜した。

暮庵の懐も探ったがなかった。引き出し、台所、床の間、まさか天井裏にしまうほどのものではないだろう。たとえそうとしても天井裏を這いずりまわる時間はない。

二人はじりじり焦りだした。

「旦那、ありませんね」

「ないか」

くそっ、と留次が側にあった長持に体を乱暴にあずけた時、長持の上に置いてあった薬研《やげん》が入っている箱がわずかに動いた。

「！」

箱の下に白いものが見えた。

「留次！　それだ」

十兵衛は飛びつくように重い箱をどけて手紙をとった。

「これだ。間違いない。留次、出よう。ぐずぐずしているととんでもないことになるぞ」

二人はまさに脱兎のごとく、暮庵の家を逃げ出した。逃げながら十兵衛は、おつまを暖かい布団に二晩も寝かせてくれた河野暮庵に、胸のなかで手をあわせた。

「恨みはこの十兵衛がはらしてやるぞ。きっとな」


町並みを早足で駆け抜けた。それでも町々の境にある木戸や、大きな町には必ずある自身番の前は何気ない素振りでやりすごす。とりたてて自身番に慌ただしいような気配はなかった。

二人は背をかがめ、柳原土手を船宿富樫まで急いだ。

葦簀《よしず》をはった古着屋の床店《とこみせ》の陰から、突き刺すような殺気が十兵衛を捉えた。

「またか」

十兵衛はなかなか斬り結んで来ない影に舌打ちした。

（何をしようというのか。もうおれは江戸で素浪人なんだ。家中のしがらみはとうに捨てた身だ。いまさらお家になんの未練があろう）

十兵衛はそう思うが、家中を牛耳りたい者にとっては、そのまま十兵衛こと山名信時を放ってはおけないらしい。

十兵衛が先代と組んで、権力奪還に動くのではないかと危惧しているのだ。

「ふん」

十兵衛は、いつかは黒白はつけなければならないなと、あらためて腹をくくった。


富樫の店先には灯がともっていた。大川から猪牙や屋根船が神田川をのぼって船宿の船着場に船体を寄せてくる。富樫でも女将と小女と船頭達が、声をかけあって客を店に招きいれていた。

十兵衛と留次は、女将の久美に頭をさげてあいさつし、そのまま裏手の久美の二階家に行った。

久美が、

「池之端の旦さんが」

と言った。

「おう」

十兵衛は明るい顔をした。

二階に上がると、久慈川香右衛門が御成りさんと話していた。

「辻盛」

香右衛門の実名は須長辻盛といった。

「おひさしぶりです」

「元気か。先だって池之端の店にいったら留守だったが」

「はい。失礼いたしました。一橋様のお屋敷にちょっと用事がございまして。前もっておっしゃっていただければ、食事などもご一緒にできましたのに残念でございました。あとから平兵衛から聞きまして」

香右衛門の櫛店の主人は隠れ蓑ではあるが、どちらも不即不離の関係にあって、香右衛門を殺しつつ生かす手管《てくだ》なのだ。

十兵衛は、香右衛門の苦衷もまたわがことのように感じるのだ。

「江戸でこうしていると、八溝のことは遠い昔のことに思えるよ。いまさらお家大事を御旗に、陰謀芬芬《ふんぷん》で人を貶《おとし》めあったりするのは稚気に等しい。辻盛、そなたも櫛やの大旦那でいたほうが楽しくはないか。久美もよほど安心だろうがな」

「しかし、伯耆守様、国元では家老一派によって、ゆえなき罪を背負うものが後をたちません。おのれの欲望のために国を壟断《ろうだん》するのは許せません」

「同感だ、辻盛。許してくれ。先ほど柳原の土手でも連中の影をみたよ。しばらくあらわれなかったが、国元でなにかあったかな」

「いまのところとくに何も言ってきません。それより近く山中佐兵衛どのが江戸にまいります。それといつものように久美に預けてございますのでお使いください」

と言って久慈川香右衛門は煙草に火をつけた。

山中佐兵衛はもともと八溝の豪農で、いまは木綿や漆器の問屋をもち、池之端仲町あたりの家作も持つ大地主である。もちろん久慈川香右衛門の俵屋も、山中佐兵衛の家作のうちである。

佐兵衛は十兵衛こと山名信時の金庫番であった。それだけに十兵衛のいないいまの八溝藩は山中佐兵衛にとって決して居心地はよくなかった。十兵衛の復帰を待ち望む一人である。

「ところで十兵衛どの」

くだけてくると、久慈川香右衛門は山名信時をそう呼ぶ。

「こちらのお方はどうなさるおつもりで」

「久美から聞いただろうが、御成りさんだ」

十兵衛は御成りさんについて詳しく話した。そして、いましがたの河野医師の家でのできごとを伝えた。

襖をあけきった隣りの部屋で、御成りさんは暮れなずむ外を見ていた。

留次はぬるい茶をすすりながら、二人の話を聞いている。

「まずいですね」

「おぬしもそう思うか」

「人助けもほどほどにしませんと」

「いけなかったか」

あきらかに久慈川香右衛門は渋い顔をして、吐月峰《とげっぽう》に煙管の頭を打ちつけた。香右衛門がそんな表情を見せるのは珍しいことだった。

「いいえ。かまわないのですが、この一件奥が深そうですよ」

「弱ったな」

「いまさら番所には返せないのでしょう」

「いや、返せないことはないがここまでくるとな。それよりおつまの方だ。おぬしどう思う」

「これも判じ物ですね」

「そうだ、手紙があったのだ。すっかり忘れるところだった」

十兵衛は懐から手紙をとりだした。

河野暮庵殿
とある。

十兵衛はさーっと目を手紙にはしらせた。

「ふむ」

読み終わると、それを久慈川香右衛門に渡した。香右衛門も同じように素早く目をはしらせた。

この手紙を持ってくるおつまという娘をわたしがおんしの家に行くまで待たせておいてくれ、という内容だった。

「差出人は友としてありますね」

「そうだな。親しい仲か、古い知り合いかだろうか。おつまと名指しているからおつまのことは知っているのだろうな」

「友というのは」

「友だちのともか。いや名前だろうな。友一、友右衛門、友之進」

「これだとおつまさんのてがかりにはなりませんね。しかしなんだってこんな廻りくどいことをしたのでしょうね。おつまさんの名前も知っているくらいですから一膳めしやも長屋もつきとめて知っていると思うのです。直接、出向いて用件を伝えるのが、無駄がなくてよかったのじゃありませんか」

「しかし突然見知らぬ男が行っても、かえって信用されぬのではないか」

「おつまさんが河野医師を訪ねたことが、医師の死を招いたのでしょうか」

「それははっきりせぬな」

友という男は、おつまに何を告げようとしたのだろうか。そして河野暮庵はなぜ殺されねばならなかったのか。

十兵衛の頭の中に得体のしれぬ疑念の雲が広がっていく。

十兵衛は立って隣りの部屋に行った。

御成りさんはまだ外の家々の屋根をみていた。

薄闇が町全体を覆って、井戸から水を汲んでいる音や、風にのって赤ん坊の泣き声なども聞こえてくる。

「御成りさん、腹は空かないかい。飯にでもしようじゃないか」

「すみません。まだ、なんにも思い出せなくて。でもうっすらと像が結ぶ瞬間もありますので、なんとかおこころざしに応えたいのですが」

「うん、その調子でいいですよ。きっと御成りさんは相当な目にあったのでしょうから、そのぶんゆっくりしたらよろしいですよ」

「ありがとうございます」

「すまないが手を見せて貰ってもいいかな」

十兵衛は、しげしげと御成りさんの手を見たが、きれいな手だった。

忠七の賄いで、四人はそれぞれの膳の前に座った。一流の料理屋で修業した忠七の料理を食べられるのは幸せである。

忠七は若い頃は、上方まで包丁ひとつで出かけた男だ。無口ではあるが富樫にはなくてはならない板前となっていた。通いだが女房子供もいるようだ。

酒のあてには、蛸の足を甘辛く煮たのが小鉢に入っている。けっこうな大きさで噛むと思いのほか柔らかい。蛤の吸い物がついて、白魚の天麩羅がだされた。

今年の白魚漁ももう終わりの頃だ。

甘鯛の焼き物がついて香の物とご飯である。八百善（高級料亭）にでもいった気分だ。

「十兵衛の旦那、もったいないですね。おいらがこんなものをいただいたんじゃ」

「明日からはまた四文なりの屋台飯だろうからせいぜい食べるといいさ」

「御成りどのは酒はいける口かな」

久慈川香右衛門が銚子をかたむける。御成りさんは躊躇なく盃をだしては気持ちよくのどにながしこむ。

船宿の方から弦歌《げんか》にのって陽気な手拍子が聞こえてくる。

江戸の春も深まるばかりの宵闇が落ちてくる。

八溝ではまだまだ寒さに実が入る日が何日か続くことだろう。

「留次、明日からあちこちあたってくれよ。富蔵のとこの仕事は大丈夫か」

「まかしてください。かならず尻尾をつかまえます」

「それに河野医師の件もあるからな。よほど用心しないと足元をすくわれるぞ。おつまに心配しないように言ってくれ」

「わかりやした」

屈託のない声をだした。

「辻盛。そういうわけでしばらくわしのわがままに付き合ってくれ」

「わかっていますよ。十兵衛様となら、命は惜しくはないですから」

「すまんな。こんどのことはどうにも知らぬふりができぬ。その上おつまのことだ。江戸に逃げてきたのがなんのためかわからなくなってきたの」

「人助けも阿弥陀さまの思し召しですよ」

「地獄の釜をのぞいてもか、あっははは」

「うふふ」

久慈川香右衛門は、今日は久美の家に泊まるのだろう。御成りさんもいて気が休まらないだろうが、十兵衛は許せよと、胸のうちで頭をさげた。

その夜のうちに十兵衛は、行徳河岸の船宿小張屋に帰った。明日は桃春と千代と三人でまた徒《か》歩鍼《ちばり》行だ。

四

留次は、船宿富樫から自分の長屋にまっすぐ帰らないで、八名川町の芳兵衛店にいる富蔵を訪ねようと両国橋をわたった。

富蔵には、今日の十兵衛と突き止めた一件を伝え、留次は富蔵に無理を言って、御成りさんのための協力をあおいだ。

翌日、富蔵と留次はこざっぱりした洗い立ての股引を穿いて、両国橋を渡って下谷広小路をめざした。

弥生の空は薄曇で、晩春とはいえまだ冬の寒さがぬけず、道行く人々は襟を掻きあわせてうつむき加減に歩いていた。

二人は摩利支天横丁に近い、上野町の自身番に寄ってみることにした。

小太りの五十歳くらいの書役に御成りさんが保護されたときの様子を聞いた。留次は御用聞きの真似事もしていたので、そのへんのこつは飲み込んでいて、相手に警戒されないように話を引き出していく。

「ここへその男を連れてきたのはどなたでした」

「それは利兵衛店の大家さんです」

「利兵衛店？　そこは」

「二丁目ですが、一丁目との境にあります。表店は硯の問屋さんです」

「そうかい。ありがとうよ」

留次は調子よく言って、富蔵と自身番をでた。広小路の一本東の道に出てみると、筆硯の問屋三益屋は店先に大きな筆の看板をぶらさげていた。その店先の脇の細い道を入っていくと、木戸があってかたわらに外した板戸が、二枚立てかけてある。

木戸のまわりには住人の表札がわりの看板が絵入りや、判じ物めいたものまで折り重なるように貼り付けられたり、括り付けられたりしてあった。

産婆、常磐津、易、印章、口入とさまざまである。

木戸前で子守をしていた娘に、大家の家を尋ねると、木戸を入ったとっつきの家を指差す。

溝板を踏んでいくと、ほんの申し訳程度の犬走りが設けてある。

「ごめんなすって。大家さんはおいでで」

「どなたさん」

顔中皺だらけの猫背の老人が、茶をすすりながら黄表紙を読んでいた。老人はめがねをはずして、まぶしそうに富蔵と留次を見た。

「本所からきました木舞掻きの留次ともうします。こちらは富蔵兄貴です」

「それで木舞掻きのお兄さん方がなにか御用でも」

「へい、じつは大家さん、五日ほど前に上野町の自身番に、記憶をなくした男をつれていきませんでしたか」

「いきました」

「さいですか。それでその男についてちょいとお尋ねしようと思ってやってきましたんでさ」

「その方は自身番に一晩泊まって、大番屋のほうで御吟味があるというので移されましたがな」

「そうなんでございますが、与力の吟味でも男の名前も住みかもわからなかったんだそうです」

「それは困りましたな。それでまだ大番屋に」

「いいえ、番所でも扱いに困りまして」

「そうでしょう。町のほうでも面倒はみますがいつまでもっていうわけにはいきません」

「そうしたら、この男をどうしたらいいんですか」

「そうですな。記憶がもどらないとなると非人溜りにでもいっとき預けるんでしょうかな」

「じつは大家さん、それじゃあんまりだというんで、あるお方がその男を預かっているんです。それで一日でも早くもとの生活にもどしてあげようと考えて、あっしらが男のあの日の足取りを追って、素性を突き止める役をおおせつかったわけで」

「なるほど。おはなしの趣旨はわかりました。気の毒にあの方はまだ夢の中にいるわけですな」

「大家さん、男について何かわかりますか」

「いや、あれはな大工の虎五郎がわしのところにつれてきたのだ。まあ、何かあればみんなわしのとこに言ってくるから虎もそうしたんだろう」

「その大工はどこで男、大家さん、その男をひとまず御成りさんと呼んでます。名無しの権兵衛じゃ、話が遠くて先にすすみませんでね。その御成りさんを見つけたんで」

「仕事の帰りに御成道が下谷広小路に出るあたりだと言っていた。上野新黒門町あたりですかな」

「さいですか。その虎五郎さんはこちらの長屋に」

「いちばん奥のひとつ手前です。障子に大工と書いてあります」

「今日は仕事では」

「いいえ家におりますよ。おとつい足を折って」

「話は聞けますか」

「口はなんともないから大丈夫じゃろ」

大家はひひ、と笑った。

虎五郎の家はすぐにわかった。六尺ほどの土間があって、そのとなりは三尺の台所で屏風をたてまわした前に、虎五郎は足に包帯を巻いて、添え木らしいものをあてがっていた。女房はいるようだが働きにでも行っているのか。

「虎五郎さんですかい」

虎五郎は髭ののびた四角い顔をしかめて「そうだが」と言った。

富蔵は訪ねた事情を話した。

「その時男はどんな様子でした」

「ぼおっとして魂をどこかその辺に落っことしてきちまったみたいな感じでしたね」

「広小路を歩いていたんですか」

「そうなんだが、あっしはあの日仕事が早く片付いたんで子供と遊んでやろうと急いでいたんですわ。そしたら人の後ろからふらふらっと出てきて、あっしは肩に道具箱をかついでいたんで、よけきれずぶつかったんでさ。男の肩あたりに道具箱があたって、それでよろけて道に倒れこんだんです。

『おっと、すまねえ。大丈夫ですかい』

と声をかけたんですが、男は黙ったまま倒れてるんです。こりゃ、どこか打っちまったかなと思いました。そのうち人が集まってきだしたので男を抱き上げて立たせ、長屋に帰って大家さんにわけを話したんです。それで大家さんとあれこれ聞いているうち男は記憶をなくしていることがわかり、自身番に届けたんです。ころんで怪我はとくになかったんであっしは安心したんですが」

虎五郎は、怪我のことも忘れて、その時の様子を面倒がらずに話した。

「男はとくになにか話したりしなかったのかい」

「とくには」

「どっちを向いて歩いていた」

「ふらっと出てきましたからよくわかりませんが、広小路から三橋に行くというより下谷同朋町に足は向いているようでした」

「ふ〜ん、ほかに気づいたことは」

「羽織袴でしたが、腰のものがなかったのが不思議といえば不思議でしたね」

「誰かいっしょにいたような奴はみなかったか」

「さあ」

虎五郎からはそれ以上のことは聞きだせなかった。留次は虎五郎に、

「早く足を治してな」

子供にうまいものでも食わしてやんな、と言って十兵衛の財布から二朱を取り出して渡した。

「邪魔したな」

富蔵は礼を言って利兵衛店をでた。

「兄貴どうしやしょう。御成りさんはどこからきたんですかね。御成道は武家屋敷がずっと続いていやすから、広小路あたりでだれか見かけた人間を捜すしか手はないですかね」

「そうさな、どこから手をつけるか。御成りさんは真面目そうな人柄にみえるから、土弓場あたりから出てきたわけじゃないだろうし、信心深けりゃ、その辺の寺あたりから何か手がかりがつかめるかも知れないな」

「田舎から出てきた江戸詰めの侍にも見えませんね。話す言葉に訛りはありませんものね」

「問題は背中の傷だろう。それさえなければそのうち御成りさんもなにか思いだして無事に幕となるんだが」

「何があったんですかね」

「おれにもわからねえ。しかし留、問題はだ、それだけの傷を負わせるならなぜすっぱりと御成

りさんの命を召し上げなかったということさ。相当な手練れの仕業に違いないのにな」

「どんな状況で斬られたかですね。それによっちゃ、誰か邪魔が入ってすこし狂いが生じたか」

「襲撃者に迷いがあったか。御成りさんの反撃があったか。う～ん、頭が痛えや」

富蔵と留次は首をひねるばかりだった。


この日、如月十兵衛は、桃春のお供をして通塩町の薬種問屋千草屋の当主庄兵衛の鍼治療に出向いた。

お千代も一緒のいつもの三人連れである。

この頃は日本橋界隈では、十兵衛たち三人連れの徒歩鍼行は有名である。

頭を下げる者、遠巻きにひそひそ話す者、ときにはお菓子をくれる人もいる。いちばん桃春を悩ませるのは、腰のまがった年寄りが道の真ん中に座り込んで桃春の鍼治療を求める姿である。

あわてて息子らしい若者が年寄りに駆け寄り、桃春たちに非礼を詫びるのだが、桃春のほうこそ申し訳ない気持ちでいっぱいになる。

診てあげたい、治してあげたい気持ちが桃春のなかでおさえきれないほどあふれてくる。

これまで、父親の茂左衛門のえらんだ患者だけを治療することをきまりとしていたが、いまはその決めも曖昧になってしまっている。

桃春の悩みは増すばかりだ。

さらに、平癒しない疾患もあるし、時間のかかる疾病もある。つきつめれば、鍼の限界もある。

それでも桃春は病に苦しんでいる人を助けたいという思いは強くなるばかりであった。


千草屋庄兵衛は五十歳を越えてから寝つきが悪くなり、寝入っても夜中になんども厠にいくようで商売にも差し障りのある様子だった。

薬を扱っているので、諸国の高価な薬もためしてみたが、効果がなかった。それで、人を介して茂左衛門に依頼して、桃春の鍼の治療を受けることになったのだ。

今日は二度目の治療で庄兵衛は朝から楽しみだった。

とくに最初の治療で著効があったわけではないが、妙な安心感が庄兵衛のなかに生まれていた。

「これかな」

庄兵衛はそう思った。

病など気持ちのもちようなのだ、それを桃春さまはあの掌で教えてくれているのかもしれない、と思うのだ。

それでなければ商売の荒波にもまれ、人擦れのした自分のような人間がこんなに人の訪れを心待ちにするわけがない。

今回も期待にたがわず、庄兵衛は鍼治療のあいだ中、幼いころのなにもかもきらめいて見えた自分の世界にさまよっていた。

「いかがですか、千草屋さん」

桃春にそう問われても、庄兵衛は柔らかで透明な膜に包まれて、静かな呼吸をくりかえし、眠っていた。

桃春は千代にうなずいて、そっとそのまま庄兵衛を寝かせ、後片付けをして部屋をでた。

二人を待ちうけていた十兵衛は、上気した桃春の顔をみてほっと息をついだ。満足げな表情もみてとれたからだ。

三人は茶の間でお茶をごちそうになり、ご新造にあいさつをして千草屋をでた。このまま、弁柄屋にもどって、治療部屋に通ってくる患者さんを診なければならない。最近は通ってくる人々もその数をまして桃春は琴など弾く時間もなかった。

第三章　不思議なお攷《こう》さん

一

富蔵と留次は下谷広小路の道具屋、七ツ屋（質屋）、団子やなどやみくもに聞いてまわったがこれという手がかりをつかめなかった。

「弱りましたね、兄貴」

「二日くらいじゃ埒があかねえかもしれないぞ」

「兄貴、不思議なんですが、御成りさんには家族はいねえんですかね。自身番から数えればもう五日もたってるんですから、何か届け出でもなきゃおかしいんじゃないですか」

「おれもそう思ってたところだ。届出がないということになれば、そこにまた事情が隠されていることになるかもしれないな」

「ふ〜ん、まったく厄介な拾いものになりましたね」

「いまさら泣き言を並べても仕方あるまい、そこで茶でも飲もう」

二人は忍ぶ川にかかる三橋の近くまできていた。

店先に置かれた腰掛に座ると、砂糖が入った麦湯を店の若い女が運んできた。ついでに留次が御成りさんについて聞いたが、女は笑って知らないと言って店の中にひっこんでしまった。

「へっ、笑いやしたね。何かおかしいですか」

「どこも」

「どこもって、答えになっちゃいませんよ」

「いや、あの娘《こ》は、今日もいい日和だねえと言っても笑って知らない、という娘なんだよ」

「話にも何もならないじゃないですか」

「それでいいのさ」

他愛もなくそんな掛け合いみたいなことを言って、所在なげに麦湯をすすりながら往来を行く人々を見ていた。

突然、富蔵が声をはった。

「おや、与之公だ」

「誰です」

「甲冑屋の息子だ」

「知り合いなんすか」

「博打場でな」

「どら息子」

「そうでもないが、商売に身が入ってるとはいえねえな。ほら、赤いべべ着たおねえさんがいっしょみたいだぞ」

富蔵は面白いおもちゃでも見つけた子供のように、嬉しそうな顔をして、長腰掛から立って人ごみのなかに分け入った。

腰掛に座ったまま留次が見ていると、富蔵は親しげに近づいて行った。どら息子は驚いた顔をしたが、すぐに笑顔を見せてなにやら話しかけた。それから二人で留次のほうにやってきた。

女は振袖でまだ十六、七に見えた。

「留、与之二郎さんだ」

そしてこいつはおれの木舞掻きの手伝いをしてるんだ、と言って留次を紹介した。

「与之二郎です」

「留次です」

留次は、春めいた縞の袷を着た与之二郎を、まぶしそうに見て頭をさげた。

「まあ、座って」

富蔵は与之二郎を座らせ、店の小女をよんで、茶を注文した。

振袖の娘もついてきて腰掛の端に腰をおろした。長腰掛は四人でかけると、窮屈な具合だった。

「そんなわけでおれたちは、その御成りさんの素性を突き止めなきゃならないんだが、与之公、見知ってはいないかい」

「見た気がするねえ」

「ほんとうか」

「どこだったか」

「旗本屋敷か、寺か」

富蔵は博打場を言った。

「いや、違うな」

「そうだろうな。御成りさんは賭け事には縁がなさそうだ」

与之二郎は真剣に思い出そうとしているが、なかなか思いだせそうもなかった。

「ところでそちらのお姉さんは」

「蓬莱屋の娘さんですよ」

「蓬莱屋って」

「江戸町の」

「江戸町って、吉原の」

「そう」

「そういってもおれは吉原に行ったことがないからな。しかし、そんな娘さんをひっぱりまわしていいのかい」

「いいわけないよ。家にもつれていけないし、おっかさんがうるさいしね。だけどついてきちまうんだよ」

「与之公、おめえいつから業平（歌人在原業平、モテ男）になったんだい」

「そうじゃないんだ。この子付き馬（遊客の不払い取り立て人）のつもりでいるのさ。わたしは蓬莱屋に取り立てられるほどの借りはないのだけどね」

「こんな振袖姿の付き馬が、どこにいるもんか。与之公、寝ぼけるのもたいがいにしろよ」

「この子はそれを言い訳に、わたしのあとをついてくるだけで、悪気はないのでほうっておくのだけれど」

「ふ～ん、にわかには信じられねえな」

富蔵は与之二郎の耳に口を寄せて、

「あたまがおかしい子か」

と声を落とした。

「いや」

「蓬莱屋ってのは遊女屋だろう」

「いいや、大茶屋だよ」

「大茶屋？　おれはよく知らないけれど、茶屋は花魁を呼び出すところじゃないか。幇間や芸者も呼ばなきゃならないし、二十や三十の小判が必要じゃないのかい」

「まあ、そういう場合も考えられるけど」

「られるけどじゃないぜ、おめえにそんな金がよくあるな。大宗寺ではけっこうな借金があったはずだぜ」

「古いなぁ。あそこのはすっかりきれいなもんです」

「ふん、まったくなしってわけではないだろう」

「まあ、いいではないですか」

「うふ、そうだな。おめえの懐具合を穿鑿してもなんの得にもなりゃしねえものな」

と富蔵は言って、肘で与之二郎の脇をつつく。

「そういえば最近はみかけませんね」

「それよ。借金をすっかり返したらとたんに足が向かなくなってな。それより、さっきの話だ。なにか思いだしたか」

「う〜ん、すみません。ぼおっとしてて」

「いや、思いだしたらいってきてくれ。それにしても不思議なもんだろう」

「そうですね。しかし人間、そう簡単にものを忘れるものですか」

「わからねえ。わからねえが、忘れたくなるようなことがあったんだろうな」

いったいどんなことが出来したら、赤子のようにすっかり何もわからなくなるのだろうか、と富蔵は謎の森をさまよった。

「ところでその御成りさんに家族はいないんですか」

「そうなんだ。いまこの留次とも話してたんだが、おかしいだろう。家族がいりゃ、五日もほうっておかないだろう。町衆なら家主なり、名主なりに相談するのじゃないか。それで番所に届けでる。お武家ならさしずめ組頭か、御支配にでも相談するんだろうがな。それがまずあたりまえの人の踏む道筋というもんだろう」

「たぶん、そのあたりまえの手順を踏めない何かがあるのでしょうよ」

「何かとは」

「わかりませんが、まったく身寄りがないとか」

「御成りさんは立派ななりをして、懐には十両の金が入っていたんだ。とてもまったく一人ぼっちで生きているとは思えないが」

「あるいは妻子がいても、その妻子に不都合が生じて届け出られないとか」

「うん、それはあるな。おめえ頭は悪くはねえな。博打ははんちくだけれどな」

「あはは、博打の話はよしてください。おとっつぁんには内緒なんですから。それと……」

「ん、それと……」

「あとですね。御成りさんが五日も留守して、連絡がとれなくても問題がないということも考えられますね」

「それはどういうことだ」

「つまり、武家なら御用で旅にでるとか、商人なら商用で他国に行くとかです」

「なるほど。それなら場合によっちゃ、ひと月も連絡がなくても済んじまうかも知れねえな。しかし、御成りさんは旅姿ではなかった。そして武家にも商人にも見えるのだ。うーむ弱ったぞ」

富蔵が腕組みして中空をにらんだとき、鼻先をいい香りがながれた。

「はい、もうおしまい」

蓬莱屋の娘が、いつのまにか富蔵の前に立ってきて、その白い両手で富蔵の顔を挟んで、左右にゆらゆらさせた。

いい香りは振袖からこぼれでて富蔵の鼻をとおりぬけたのだ。

「ひとつ教えてあげるわね。その御成りさんは一度にたくさんのことをしなきゃならなかったのよ」

「おい、与之公、なんだ急にこの子は」

「あっ、富蔵さん、ごめんなさい。言いませんでしたね、この子、お攷《こう》っていうんですが狂のつく占い上手です」

「えっ、そうかい。それを早く言ってくれりゃ、なにも与之公のあだこうだを聞かず、手間もはぶけたのにな。それでお攷さん、一度にたくさんのことってのはなんです」

「それは、御成りさんが今まで片付けなきゃならないことをしなかった。ずるずると先延ばしして。でももう先延ばしできなくなった。たぶん、先延ばししてきたことが、たくさんあるんだと思う」

お弦は黒目がちの目をさらに光らせて、じっと宙を見つめつつ言う。

「へえ、驚いた。占いなんてもんじゃないね。もっと気の利いたもんだね。お弦さん、すごいぜ。よく見りゃ、いい顔してなさる」

ぼやっとしていた留次だが、手をたたいてお弦をほめた。

「その先延ばしってのは、いままでほうっておいたのだからこの先もほうっておきゃいいんじゃないですか」

留次が食いついてきた。

「それでもいいんでしょうけど、御成りさんはまじめな人なのよ。怠けてほうってきたんじゃないのよ。それは簡単に片付くことじゃないから、結果的にほうってきたように見えるの。御成りさんはずーっと苦しんできたんだと思う。それで無理したんだと思う」

「もう先延ばしできなくなったっていうのは」

「さあ。なにかの事情が変わったのね」

お弦はちいさくため息をついて、

「もう帰らなきゃ」

と言って、与之二郎をちょっと睨んでから、不忍池のほうに歩きだした。

「与之公、一人で帰していいのかい」

「大丈夫ですよ。ここからはまったく影も、毛筋ひと筋さえも見えませんが、あそこの店の者が、いつもわからないように後をつけているんですよ」

「お玟さんの」

「そうです」

「へえ、窮屈なもんだな。それはおめえを信用してないからじゃないか」

「そんなことはありませんよ。わたしはお玟さんに指一本も触れちゃいませんから」

「娘が勝手についてくると言い張るつもりか」

「そうなんですから仕方ありませんよ」

「おめえが惚れられているってことかい」

「さあ」

「さあじゃないさ。いい娘じゃないか、ちったぁ真面目に向き合ったらどうだ。なんならおれが取り持つぜ。おめえには言ってなかったが、口入もやってるんだ。これで世の中のお役にたっているのよ」

富蔵は、桃春の用心棒に如月十兵衛を取り持ったことを、唯一の誇りにしていた。

「いまは間に合っています」

「なんだい、つれない返事だね。まあ、いいや。だけど、またあのお玟さんに逢いたいね」

「おいらもですよ。あの蓬莱屋の娘は並みの娘っこじゃねえですよ」

「おい、与之公。今度、花見でも行こうじゃないか」

「いいですね。墨堤か飛鳥山か。船か駕籠か。

ねがはくは花のしたにて春死なんそのきさらぎの望月の頃」

「なんでえ」

「知りませんか」

「知らなくたって酒は飲めるぜ」

「西行法師ですよ。鎌倉の北面の武士だった」

「留、知ってるか」

「おいらは知らないけど、おつまは知ってますよ」

「変な言い方だな。しかし、歌とかとんと縁のない長屋ぐらしだなぁ、おれたちは。急に花見がしぼんじまったぜ」

「富蔵さん、すみません。つい浮かれてしまって口を滑らせました」

「いいよ、与之公。おめえは生まれがいいってことよ。今んなってそんなことうじうじいうつもりはねえよ。余計なこと言ってすまんな」

麦湯一杯で長っ尻してしまった富蔵たちは、やっと腰をあげて、与之二郎は筋違御門の方へ、富蔵と留次は上野のお山のぐるりを聞き込むことにした。

二

濁流が黒い渦となって、もの凄い早さで堀を南に下っていく。

雨はこやみなく降り続いていた。

川幅はさほど広くないのに、深さはおとなの背ほどもある。

足を滑らせて流れに落ちたおもんは、岸辺に生い茂った雑草を夢中でつかんだが、無情にも流れの勢いにまけておもんの小さな体は、木の葉のように濁流に翻弄されながら、下流に流されていった。

流れになぶられながら、川底に頭を打ち付けたとき、おもんは意識がもどり、あわててその広い背中にとりすがった。

二度とこの手を離してはならないとむしゃぶりついた。背中には木屑や葉っぱや何とはしれないものがあって、それらの感触がおもんの手に残った。

流れはゆるみもせずに、ごうごうと音をたて、すべてを押し流していく。おもんの手がその背中からはなれてしまった。

水のなかで涙さえながして「助けて〜、助けて〜」とおもんは叫んだ……。

「花魁、花魁っ。どうしました」

番頭女郎の加納が藤野に声をかけた。

「びっしょり汗をかいて……。悪い夢でもみなすったか」

藤野は紋日のあの日、待ちくたびれていつの間にか寝てしまっていた。浅い眠りの底で小さい頃、堀にはまって、男に助けられて九死に一生を得たことが夢の中でできてうなされたのだった。

おりにつけ何度も藤野の夢にあらわれる、忘れることのできない出来事だった。

その夢をみるときは、いつもなにかが切迫していることがおおかった。

しばらくぼんやりしていた藤野だったが加納に、

「建造を呼んでおくれ」

と言った。

「花魁、もう大引け（午前二時）の拍子木はとっくになっておりますよ」

「えっ、もうそんな時間かえ」

「建造は消し炭（すぐ起きる）じゃありませんから起こすのはかわいそうですよ」

「おや、姉さん、いつからそんな親切心を身につけなさった。いいから心配ないからここに呼んでおくれ」

珍しく藤野は我を通した。一度言いだしたらあとにはひかない。それをわかって加納は建造を呼びにいった。

建造は眠そうな顔もみせず藤野に、

「花魁、ご用ですか」

と神妙に腰を折った。

「あい、建造、堪忍な。頼まれておくれ」

そう言って藤野は、三年近くも馴染んできた清五郎を、じつはちっとも知らないことを建造に訴えた。それで今回の仕舞日にあらわれなかった清五郎に、藤野は初めて向き合ったことを正直に話した。

「それで花魁はどうしたいと」

「あい、清五郎さんのわかること全部を知りたいんす」

「それをわたしに」

「あい」

藤野にじっとみつめられて建造は、花魁の頼みに精一杯応えたいと思った。花魁には人一倍目をかけてもらっていることは、建造自身がいちばんわかっていた。

「わかりました。わたしの知り合いがおりますので、そいつらにもひと肌ぬいでもらいます。今夜はもう遅いですから、さっそく明日の早いうちから駆け回りましょう。花魁も今日はゆっくりおやすみなさい」

松葉屋は吉原でも上見世で、暖簾をわけて店を入った土間の脇も格子になっていて、通りに面した表からぐるりと店の中まで、全面が格子になっている、いわゆる総籬の遊女屋であった。

宝暦年間に太夫がいなくなってからは、それまで太夫、格子の下であった散茶女郎が吉原の最高級女郎の花魁と称されるようになった。その花魁も呼び出し、昼三《ちゅうさん》、附け廻しの三段階に格付けがなされた。

藤野は附け廻しの花魁である。あれから清五郎は仕舞もつけず、登楼することはなかった。そしてあの足指の長い男もあれきりあらわれなかった。


十兵衛が船宿富樫を訪ねると、御成りさんは富樫の店先にでて打ち水などをしていた。

「おや、御成りさん、精がでますね」

「やあ、十兵衛さま、お帰りなさい」

そこへ山谷掘へ向かうお客を送った久美が来て、

「十兵衛さま、いらっしゃい」

と言って、久美にはめったにないことだが、十兵衛の腕をとって店のなかに誘った。

いつものように船宿の裏手の久美の家に、我が家のようにして入っていく。

手ぬぐいで手をふきながら、御成りさんも二階への階段を上がってきた。

「御成りさん、無理されないほうがよろしいですよ」

「はあ、じっと座ってばかりもいられませんので、女将に無理を言って手伝わせてもらっています」

「そうですか。からだを動かしていると、これまでの生活の勢いが甦ってくるかもしれませんね」

「ちょっとそんな気がして動いてみたのですが」

陽が落ちると、江戸の町はいっきに闇につつまれて、無月の夜は船宿の灯か番屋のあかりが、周りをおぼろに明るくするだけである。

あとはもの売りの声か、船の櫓の音が暗闇を伝って、耳に届くだけであった。

久美が膳をこしらえて二階に上がってきた。

久美に燗酒を銚子からついでもらって、十兵衛と御成りさんは飲み始めた。

小皿にかぶのあさ漬けがのっている。

「どうです、御成りさん。働いたあとの一杯は」

「はい、格別なものですね。しかし、そのぉ、御成りさんというのは我がことのように思えないので、呼ばれるたびに戸惑ってしまいます」

「あはは、そうでしょうね。わたしもあなたにはもっとふさわしい、あなたの人となりをあらわす姓名があると思います。一日でも早くその名前を呼びたいものですよ」

「恐れ入ります。ひとつでも思いだせればなんとかなるのですが、しかし思いだせそうな瞬間がときどきあります。もうすこしなのです」

「そうですか。そこまでくれば峠は見えています。明日あたりから神田、上野のあたりを歩いてみませんか。なにかを思いだすかもしれません」

神田川の岸を噛む男波女波の音に、からだを揺らせながら、十兵衛は盃を傾ける。

大川を遡上《そじょう》して、利根川を東に行けば大海原に出る。

それを北にめざせば磐木《いわき》の浜に出る。そこから山に入っていけば八溝の里だ。

ここのところ長野一派の動きは影をひそめている。ここでこうしてはいられないと焦る思いばかりが募る。

十兵衛の胸中をかき乱すような声が、階下から聞こえてきた。

「旦那ぁ、十兵衛の旦那ぁ」

富蔵と留次が団子のようになって二階にかけ上がってきた。

「騒々しいな、今、御成りさんがせっかく思い出そうとしてたのが、引っ込んじまったぞ」

「えっ、ほんとうですかい」

「あはは、いや、冗談だ。なにかわかったのか」

「いえ、わかりませんが、御成りさんらしい人を見かけたという女房にあいました」

留次が手柄顔で言う。富蔵は兄貴分らしく留次に花をもたせた。

「おっ、でかしたな。どこで」

「七軒町です」

「七軒町？」

「はい、不忍池の北側です。やはり紋付の羽織袴の男を見たと言うんです。人相風体をきくと、どうも御成りさんらしいんですが、道を不忍池の方に向かっていたそうです。足取りは急いでる様子はなく、どこかふわっとしていたということです」

「うん、御成りさんかもしれないな。いつのことだ」

十兵衛の体が浮き気味になる。

「ええ、十四日の昼の九つ半頃（午後一時）だそうです。それと、御成りさんを自身番に連れて行った大工を見つけて話をききました。それによるとその大工、虎五郎といいますが、その虎が御成りさんとぶつかったのが、広小路で八つ半の頃のようでした」

「なるほど。すると御成りさんは七軒町に出没し、上野新黒門町で大工とぶつかるまで一刻ばかり。どこをどうたどったか」

「御成りさん、七軒町はご存知ですか」

留次はだまって話を聞いていた御成りさんに問いかけた。

「お話はうかがっていましたが、わたしがなぜ七軒町にいたかはっきりいたしません」

「大工の虎と、人ごみのなかでぶつかったのはおぼえてねえですか」

「ぶつかったような……」

「虎が言うのには、奴がかついでいた大工道具に、御成りさんがぶつかって倒れたらしんですが覚えはないですかい」

「そんなことがあった気もいたしますが」

「しばらく立ち上がれなかったらしいんですがね」

「……」

御成りさんの記憶はまだあいまいなままだった。それでも虎五郎とぶつかったことはまったく記憶になかったとは思えない反応だった。

「ところで旦那、御成りさんには家族はいないんでしょうか。それと広小路で妙な奴に会ったんですが」

富蔵がそう言うと、十兵衛の盃を持つ手がとまった。

「家族か。そうだな心配しているだろうな。その妙な奴ってのは」

「博打場で知り合った奴で、御成り道の甲冑屋の一人息子ですよ」

「御成り道のか。じゃ、甲斐駒屋の息子かな」

「ご存知ですか」

「桃春どのと徒歩鉞行に行った先だ。ご新造が具合が悪くてな。たぶんにその息子の所為もあるのかもしれないんだがな」

「名は与之二郎ですが、ちょっと半ちくなところもありますがいい奴ですよ。それでその与之二郎について来てる娘がおりやして十六、七、いや十五歳くらいかも知れないんですが、滅法変わった娘でして占い上手らしんです。なんでも吉原の蓬莱屋の娘だそうです」

「その娘っこはお攷といいまして、あっしはいっぺんで気にいりました」

留次はいたくお攷に肩入れしてしまって言葉に力が入る。

「その娘がどうした」

「娘が御成りさんの話を聞いて、生意気なことを言い出したんです。御成りさんはこれまで先延ばししていたことをいっぺんに片付けなきゃならなくなって、それで無理したんだそうです。その挙句、記憶を失ったと言わんばかりでした。どう思います、十兵衛の旦那」

「そんなことがその娘にはわかるのか」

「はい、なぜ急にそんなことになったかというと事情が変わったんだ、とだけ言ってふいといなくなりました。どう事情が変わったんでしょうか」

「ふ〜ん」

十兵衛は腕組みをして御成りさんを見た。御成りさんも真剣な顔をしている。

階段を上がる足音がして、久美が富蔵と留次の膳を運んできた。

鴨肉を皮だけ、酒と醬油と味醂で煮て、あとで肉をいれて牛蒡と炒め、葱をそえてうまそうな狐色の煎り鳥が、小なべになってでてきた。

「ひゃぁ、うまそうななべですね。女将さんあっしには白いごはんをくださいな」

留次は酒よりも、腹がすいたみたいで久美にむかって勝手を言った。

「富、その娘お玫さんとやらに御成りさんを会わせたらどうなると思う」

「案外、瓢箪から駒となるかもしれませんね」

「明日から御成りさんを連れて、あのあたりを歩いてみようと思うんだが、明日は仕事は休めるのか」

「親方の許しはもらってます」

「じゃ、その七軒町あたりまで足を伸ばしてみようじゃないか。いよいよ鬼が出るか蛇が出るかだな」

「旦那、よしてください。そんなに嬉しそうにするのは」

「そう見えるか。蓬莱屋の娘の言い草じゃないが、もう先延ばしはできないんだろうさ。結果はどうあれ覗いてみるしかないだろう。御成りさんのために良い結末がくればと念じるだけだが、あの傷だけがな」

「旦那、ひとつ忘れてますよ」

飯を餓鬼のようにかきこんだ留次がまだ口をもぐもぐさせてそんなことを言う。

「なんだ」

「河野暮庵ですよ」

「そうだ。あれはもう町方も動いてるようだ。簡単にはわからないだろうな。物盗《と》りにも見えなかったからな」

「おつまのことはすっかりわからなくなっちまったんですか」

「いや、それもこれからだ。きっとどこかに手がかりがあるはずだ。差出人の名が友とあるんだ。ひっかかるものがきっとあるさ」

十兵衛は厠にでもいくのか立って階段をおりていった。

残った富蔵と留次は御成りさんにさかんに話しかけていた。

しばらくして十兵衛が、女将の久美をつれてもどってきた。久美は三味線を一棹胸にかかえていた。

「御成りさん、陽気に弦歌でもどうです。女将の新内で船宿の夜を、しんみり語ろうじゃないですか」

久美の白い手が、三弦につんと撥《ばち》をあてると、湿気た夜気もふるえて、梢の露も玉となるようだ。

富蔵はつーんと鼻の奥がなった。十兵衛の思いがわかるのだ。なんとかして御成りさんの記憶を呼び覚まそうと、女将に頼んで新内まで語らせる。

御成りさんはいったいどんな生活をしてきたのか。

なにが御成りさんの琴線にふれるのだろうか。

明日その答えがでればいい、少なくともしっかりした糸口でも摑むことができればいいがと思った。

三

翌日、三人は御成りさんを伴って、柳橋を渡って神田川沿いを西に向かい、神田松永町から下谷練塀小路に入った。それとなく医師暮庵の家をのぞきながら、下谷広小路に出ようと十兵衛は思って歩を進めていた。

暮庵の家の引き戸には簡単な竹矢来が組んであり、あたりは閑散として人影は見当たらなかった。

「誰もいませんね」

留次が声をひそめて言う。

十兵衛は目で軽くうなずく。御成りさんは興味深そうにあたりをみまわしていた。

そこへ通りかかった小柄な女に富蔵が声をかけた。女は胸のまえに風呂敷を抱えていた。仕立物でも包んであるのだろうか。

「ここはお医者の家でしたね。なにかありましたか」

女は四人づれの男たちをみてすこし気おされたが、人懐こい気性なのか富蔵に、

「殺されたんですよ」

と直截に言った。

「えっ、誰が殺されたんですか」

「暮庵先生です。一昨日のようです」

「家族は無事だったんですか」

「暮庵先生はお一人です。お弟子さんが一人います」

「その人は無事で」

「お使いにいってらしたようです」

「お弟子さんは今どこに」

女は下谷同朋町の漬物やの店を言った。

「信濃屋さんの息子さんです」

下谷同朋町はすぐそこだ。

「お姉さん、ありがとうよ。足止めさせてわるかったな」

と富蔵が愛嬌よろしく頭をさげた。女が歩き去るのを待ってその信濃屋に行ってみることにした。

往還にまでせりだすように樽が並べられて、店先には大八車がたてかけてある。

十兵衛と御成りさんは、店の手前で待つことにして、富蔵と留次が暖簾をわけて、店に入っていった。

四半刻もしないうちに二人はもどってきた。

「どうも息子は番屋のようですよ」

「疑われてるのか」

「そこまでじゃないようですが、昨日、今日と事情をきかれているようです」

「難航してるわけだな。漬物やの息子がどんな人間かしらないが、犯人はその辺の普通の人間じゃないんだ。役人も吟味してみれば当然承知のことだろう」

「とにかく親御さんは困っちまっているようで、なんとかしてくれと袖に取りすがるんで弱りました。十兵衛の旦那どうします」

「その息子に会いたいがここでいつまでも待っててもしょうがないだろう」

「へい、ちょっとやばいと思いましたが、船宿富樫の富蔵まで連絡してくれと声をかけておきました」

「そうか」

十兵衛は警戒心が頭をもたげたが、ここまできたら迂路を行くばかりが最善ではなかろうと腹をきめた。

信濃屋をあとにして、四人はゆっくりした足取りで埃で白っぽい道を歩いていく。御成りさんは、あの日の羽織袴である。なるべく人目につくように背筋さえ伸ばして歩いていく。御成りさんを見知った人に声をかけられたらしめたものである。

御成りさんも真剣に目をひからせて、町の辻々や行きかう人々を見て歩いていた。

大工の虎五郎とぶつかったという上野新黒門町に出た。

「御成りさん、ここおぼえてますか」

「はい、かすかながらここで倒れたような気がします」

「おお、ほんとうかい」

「そうか、すこし像を結ぶようになったか」

おもわず十兵衛も喜色顔になる。

それから池之端仲町を、不忍池に沿って西から北へ歩いた。茅町を過ぎると、まもなく七軒町である。

七軒町はもともと中間の拝領地だったが、いつのころからか町人、武家、寺社によって買われた。

寺社とその門前でまわりを囲まれた場所だ。西側は加賀の上屋敷と水戸の中屋敷が広大な敷地をしめていた。

その向こう側はもう本郷の追分で、江戸もここまでで江戸所払いは、このあたりで解き放ちとなるような場所であった。

七軒町と水戸屋敷のあいだはかなりの段差があり、薄暗い細い道が通っている。夜などは狐狸が跳梁するような寂しいところである。

「このあたりで女房が、御成りさんらしい人をみかけたんだそうです」

留次が言う。そこは妙顕寺と大正寺が道を挟んで向かいあっている場所だった。富山の上屋敷を背にして曲がりくねった道の先は根津権現、門前は飄客の巷だ。

「う～ん、なにが起きてもおかしくないところだな」

そう言って十兵衛が御成りさんをみると、心なし顔色が白いようだし、唇も乾いているようにみえる。

「御成りさん、疲れましたか」

「……」

「腹もすいてきたしどこかで休もう」

十兵衛の提案で、四人はゆっくり歩いて元来た道を引き返し、途中、下谷御数寄屋町から天神下をぬけて、下谷広小路にもどって来た。

そのまま仁王門前の三橋に向かって歩いて行くと左手の上野元黒門町に名代の蕎麦やがある。古い菓子司や料理屋などが軒をつらねていた。

四

松葉屋の建造は、紋日の夜中に藤野花魁から、清五郎の素性を知りたいと頼みこまれ、あくる日から、ひとまず一人でできることから手がけようと思ったが、思いのほか難渋した。誰も清五郎のことを知らないのだった。

清五郎が松葉屋に登楼するときは、決まって七軒茶屋のひとつ近江屋にあがった。建造はよく花魁の藤野と禿、振袖新造を伴って引き手茶屋に清五郎を迎えに行ったものだ。

近江屋の二階で、茶屋の女房に用をいいつけていた清五郎を、建造はよく覚えている。

建造は近江屋の裏口にまわって、勘助を呼んでもらった。

勘助は箱提灯を下げて、客を松葉屋まで送ってくる男だ。建造よりは歳がいっている。

「どうしたい」

勘助は狭い額に、金壺眼をしょぼつかせて出てきた。

裏庭の井戸の側まで勘助を引っ張ってきて、建造は清五郎のことを尋ねた。

「聞いたよ。藤野花魁、揚干《あげぼし》（待ちぼうけ）食ったんだって」

「いや、そんなんじゃないんだ。兄さんも清五郎さんの人品は、よーく知ってなさるだろう。そういう人じゃないってことは。花魁もそれで清五郎さんにわけがあるのじゃないかと知ろうとしたとき、さて文ひとつ書くにも、どこにだしていいやら困ったわけで。それくらい清五郎さんのことを知らなかったんだそうです」

「そうか、清五郎さんはよく総花《そうばな》（店の全員に祝儀をだす）つけたりしてくれたものな。いまどきあんないい客はいないよ」

「そこで兄さんは何か知らないかい」

「さあて、そう真正面からこられると、なるほどおいらもなにも知らないな。清五郎どこの誰やら広徳寺」

「兄さん、冗談はよして、あっしも仕事の合間にやってるんですから」

「わかった、すまん。清五郎さんは駕籠より猪牙できなすったな。いつも一人でね。藤野花魁以外には、娑婆《しゃば》世界を持っちゃいなかったと思うよ。おれが知ってるのはそんなところかな」

「ああ、兄さん。忙しいところありがとうござんした。それでもうひとつすまないが、女将さんにちょっと話が聞けないかな」

「それはおれの口から頼めないから、お里さんに聞いてもらおう。なぁに松葉屋の建造の頼みとなりゃぁ、女将さんはいやな顔をしないさ」

「ありがたい。兄さん、恩にきます」

「ちょっとそこで待っててくれ」

勘助は建造を残して裏口から店に入っていった。

建造が顔をあげると、二階の屋根に届きそうな椿の大樹のむこうに青い空が広がっていた。

勘助の代わりにお里が、井戸端までやってきて、女将さんが帳場脇の部屋にいますからと言って案内してくれた。

近江屋の女将おくらは、煙草をくゆらせて、猫板に肘をついて物憂い様子だった。

「いつも朝は具合が悪くてね。若いころからの頭痛もちなんだよ。それで建造さん用事ってのは」

「女将さん、朝からすみません」

「いいよぉ、そんな遠慮は。あの白井さんのことできたんだろう」

「白井さんというと、清五郎さんのことですか」

「そうだよぉ。あの人は白井清五郎と名乗って、上方の廻船問屋の大旦那なんだよ。江戸店にはよくいらっしゃるようでね。遊び方もきれいなもので、まるで江戸の通人さね。それにしては上方の言葉じゃなかったけどね。それでも信用おける人の紹介できたし、お店としちゃきれいな遊び方をするので、なにも文句はなかったんだよ。

仕舞をつけて、来なかったと聞いて、さすが清五郎さんだと思ったものだよ。よく仕舞をつけて来ない客がいるんでね。もちろん金はきちんと払うんだけどね。

贔屓の花魁に仕舞をつけて、張見世にでなくていいようにして、そのうえ自分も登楼しないで、花魁をゆっくり休ませようという心意気なのさ。それで通ぶるお人がいるのよ、江戸には。最初、清五郎さんも通を気取ったのかと思ったのだけどね。どうも話を聞くと違うようだね」

おくらは、自分が見ていた清五郎を、そんな風に話して猫板に頬杖をついた。

「名前もその上方の廻船問屋というのも本当でしょうか」

「さぁ、どうなんだろう」

おくらは、朝が苦手なのか疲れたようだ。

建造は手がかりの糸が切れたと心底がっかりした。

「清五郎さんは家族の話などはしてませんでしたか」

「こういうところで家族の話をする野暮な人はいないよ」

「なにか仕事のこととか」

「それも野暮のうちだわね。ここで仕事の話をするのは悪巧みを企む人ばかりよ」

おくらは顔をしかめて、いかにも気鬱な様子だった。

「おかみさん、お忙しいところありがとうございました。花魁のお役にたちます」

「そうかい。精々お励み」

建造は馬鹿丁寧に礼を言って近江屋をでた。入れ違いにぼて振りの魚屋が台所のほうにまわって行った。

「さあて」

建造は壁にぶつかってしまったことをいやおうなく知らされた。

これじゃ、かわら版やに頼んで、尋ね人をしなくてはならないのかとも考えたりした。

うつむきながら、七軒茶屋のはずれの木戸にさしかかったとき、どんと人にぶつかった。

「おっと、すまねぇ」

あわてて顔をあげると、

「あら、松葉屋の」

「おや、姉さん」

これはとんだ無作法をしましたと、建造は詫びた。

「どうしたのさ、下を向いて歩いたって一文も落ちちゃいないわよ」

「いや、姉さん、きついおっしゃりようで堪忍しておくんなさい」

検番芸者の菊弥は笑って建造を見ていた。

「姉さんはどちらへ」

「ちょとそこの小間物やさんまで。建造さんは」

「花魁の用事でちょっと」

「そう。時間はあるの」

「少しなら」

「じゃ、家でお茶でも飲んでいきなさいよ。すぐもどるからここで待ってて」

菊弥は一人で決めて、あまり待たせることもなく小間物やからもどってきて、木戸門を入ってまもなくの、新しい木の香りのする二階家に建造を招じいれた。

茶の間には神棚があり、掃除が行き届いていた。

「花魁の話は聞いたわよ。よくあることじゃない」

「はい、ですが花魁は、三年近くも馴染んだ客のことを、なにも知らなかったことが見過ごしにできないらしいんです。

清五郎さんは花魁にとっていちばん大事な客だったかもしれません。それだけでなく、わたしのみるところ、花魁と清五郎さんの間に、また会わなければならないことがあると、察するんですが。

それでどうしても連絡をとりたいのだと思います。姉さん、お座敷に出られて、なにかわかることないでしょうか」

「花魁と清五郎さんがなにか約束していたとか」

「はい、そうでなければ花魁があんなに一生懸命になるはずがありません」

「そうね。花魁はいたってのんびりしたおだやかな人だものね」

「そうでしょう」

「そういえば藤野花魁らしくないことがあったわね。え〜と……」

菊弥は唇に指をあてて、なにか思いだそうとしていた。

「そうそう、花魁は初会では枕をかわさないのにその禁を破ったことがあったわね。あれはどういうことだったのかしらね。藤野花魁らしくないなと思ったのを憶えている」

「そうでしたね。あの頃、そんなことが何度かありましたね」

「どういうことだったの」

「そういえばその頃でしたね花魁が、清五郎さんがくるのをよく待ちわびていたのは」

「そうなの。じゃぁ、花魁の奇妙な行為は、清五郎さんに関係することなのかしらね」

「おかみさんとか、子供の話はしてませんでしたか」

「あまりね」

「仕事は何をしてたんでしょうか。お武家ですか」

「いいえ、商家の旦那ふうかな」

「近江屋の女将さんは、白井清五郎という上方の廻船問屋の旦那だと、聞いていると言ってました」

「そう……」

菊弥は急に建造の話にうわのそらになって、ぶつぶつ口のなかで言いだした。

「姉さん」

「……」

菊弥は返事もしなくなった。

浅草の鐘が昼の四つをつげる。

「そう、そう。建造さん、やっと思いだした。あれはやはり清五郎さんが近江屋にあがって、いつものように近江屋の二階に幇間の玉助と新太郎がよばれ、わたしも君香といっしょにお座敷にでたのよ。

清五郎さんは、女将さんや若い者に祝儀をくばり、賑やかに過ごして、その後、藤野花魁に仕舞をつけて、またみんなでぞろぞろ松葉屋に席を移して大騒ぎをして。

そのときは近江屋の旦那さんもついてきて、もう引け四つ（夜の十時）までチャカチャカチャンチャラで。もういい加減くたびれて眠くもなってきた頃、近江屋の旦那が、清五郎さんに引札（広告）の話をしたのよ。そうしたら清五郎さん、わしの店は黄表紙だか洒落本だかに書かれているんだ、と言ったのよ、たしか。ん〜、どっちだったかな」

「書かれているって、その本のなかにですか」

「そうよ。う〜ん、山東京傳のお弟子さんが書かれたと言ったかな」

「え〜、あまり本についちゃくわしくないんで弱りました。しかし、それが本当なら清五郎さんの尻尾を、捕まえることができますね。ありがとう、菊弥姉さん」

「建造さんのところにも貸本屋が来るのじゃなくて。花魁ならきっと知ってるわよ」

「姉さん、恩にきます。これで町中かけずりまわらなくて済みそうだ。さっそく、花魁に話します。うまくいったら姉さん、うなぎをごちそうします」

建造はあいさつもそこそこにかけだしていた。

元黒門町の蕎麦屋は、昼近いこともあって広い店内は混んでいた。このあたりはあらゆる種類の人間が交錯する場所だから、物見高い人や暇をもてあましてる人には、楽しいところである。

十兵衛たちはやっと四人で座れる席について、蕎麦切りを注文した。それじゃ、さみしいとなって酒も頼んだ。かまぼこがつまみにでてきた。

「御成りさん、なにか見覚えのあるものはなかったですか」

「人の多いところに住んでいるのはよくわかりました」

「怖い目にでもあったのですかね。いま、歩いてみて不安な気持ちになりますか」

富蔵は医者みたいな口をきいた。

「いいえ、いまはとくになにも」

蕎麦切りが四つそろった。

御成りさんは蕎麦も好きなようだ。酒もまあまあいけるし、くらしに困った人ではないようだ。じゃ、なんだと言われても、十兵衛たちにはいまのところどうとも言えない。

今日、あと半日歩いてみて、駄目だったらもう一日やってみよう。それでおもわしくなかったら、横地の旦那に熨斗つけてお返しするか。

しかし、それで御成りさんを非人溜りに、お預けにさせるのは十兵衛の本意ではなかった。

店は町人や職人や旅姿の人や女房、僧侶までがうまそうに蕎麦をすすって、活気にあふれていた。

留次はあまり酒は飲まないほうなので、蕎麦をずるずるっと喉に流し込んだあとは、酒をすこし飲んで、三人がうまそうにまだ酒を飲んでいるのに、ぼんやりとしてつきあっていた。

店の暖簾の向こうに、忍ぶ川がみえる。

客の多くは長居せず、小女をよんではお代と言って、支払いを済ませ外に出ていった。

江戸っ子は気短なものだ。

こざっぱりした縦縞の着物を着たお店者《たなもの》が、「お代っ」と言って、飯台に何文か置いて席を立ちながら、ちらっと留次を見て、頭をさげて店を出ていった。

ぼんやりしていた留次だったが、

「誰でえ。こんなところで知り合いに会うなんて。それにしても知らねえ野郎だな」

と首をひねった。

首をひねった先に、酒でほんのりあかくなった御成りさんの顔があった。

「おい！」

留次は泡をくった。

「だ、だ、旦那ぁ！」

「うるさいぞ、留次」

「い、いましたよ。御成りさんを知った奴が」

「なにぃ、どこだ」

「い、いま店を出ていきました」

「よし、留、追いかけろ」

あわてて留次と富蔵が飛び出していった。

五

定町廻りの横地作之進が、番所の潜り門を通り、御用部屋に入って、今日のお役を頭でなぞっているとき、同僚の杉村源吾がよっと言って側に寄ってきた。

「昨日は非番だったか」

「ああ」

「じつはな、ちょっとしたことがあってな」

「……」

「昨日、牢屋の帰りに、馬喰町の碁会所に顔を出したんだ。そこに小伝馬町の名主の隠居がいてな、太物問屋の主が甲府に行ったきり連絡がつかねえと言うのよ。

いつもなら連絡もしないし、主も御用がすめば無事もどってくるそうなのだが、今度は臥せっていた内儀さんが危篤になったとかで、どうしても知らせたいとなってな」

「一人ででかけたのか」

「どうもそうらしい。それで甲府の相手に飛脚を出したところ、このたびはそうした約束もなく、じっさい来ていないということなのだ」

「いつのことだ」

「飛脚を出したのは十五日のことだ」

「それで」

「それで思いだしたのさ。おまえが押し付けられた頭のおかしい男、あれはどうなった」

「おい、もっと小さい声で話せ」

作之進は体まで縮めて、杉村源吾と額を寄せ合った。

「じつはな、高島どのの了解を得て、さるお人に預けてあるのだ。吟味したのだがさっぱり記憶がもどらなかったのだ。けっして頭がおかしいわけではないぞ」

「そうか。しかし早く決着しないと面倒なことになるぞ」

「わかってる。すこしおれも焦ってきたところだ」

「その男に店の誰かを会わせてみたらどうだ。倅が一人いるんだ」

「それが早道だな。内儀はどうなったのだ」

「うまいことに持ち直したようだ」

「そうか。それは良かったな」

作之進はあまり期待をしてなかったが、この際だからやるべきことはやっておこうと思った。

「練塀小路の件はその後、なにか聞いているか」

「あれは一蔵さんがやっているからどうなのか」

定町廻りの大原一蔵は、結束の強い役所の仲間内では、変わり者で通っている。

独自の判断で行動することが多く、探索についてもかるがるしく話したりしない男だった。それでお役を仰せつかっているわけだから実力は評価されているのだ。

横地作之進は気になったが、いまは大原一蔵にまかせるほかない。


富蔵と留次はあわてて店を飛び出したが、縦じまの着物の三十くらいのお店者は簡単に見つからなかった。

「こりゃぁ、だめだな、留。このあたりのお店者にゃ違えねぇから、わからねえことはないだろうが、蕎麦やにもどって小女に聞いたほうが早いかも知れねえぞ」

「そうしましょう。ここで逃がしちゃすべて水の泡になっちまいますよ」

息せききって店にもどって、小女をつかまえた。

「さっき店を出て行った、三十歳くらいの縦縞の着物をきたお店者は誰か知らないか」

店はまだ大勢の客でごったがえしていた。小女は、たいして深く考えるでもなく、

「さあ、誰だったかな」

と鮸膠《にべ》（愛想）もしゃしゃりもない。

「おいおい、姉さん頼むよ。ひと一人の一生がかかってるんだからさ」

おおげさな野郎だなと富蔵は思ったが、案外そういうのが功を奏すようで、

「俵屋の仙さんかしら」

と小女はけろりと言う。

ちぇっ、なにが仙さんかしらだ、と留次は腹で毒ついたが、

「ありがてえ、それでその俵屋というのは近所かい」

「お店を出て左にいったらすぐよ」

「えっ、そうかい。そんな近くに。どうりで見つからなかったわけだ。広小路のあたりをうろうろ捜しまわっちまったからな。姉さんありがとうよ。ついでにお勘定はいくらだい」

留次はお代に二十文多く小女にわたした。はじめて小女が白い歯をみせてにっこりした。

「旦那、わかりました。御成りさん、やっと家に帰れますよ」

「留、それはどこだ」

「この近所の俵屋さんだそうです」

「俵屋、香右衛門の店か」

「さあ、店を左に出てすぐだそうです」

「まちがいないな、香右衛門のところだ。御成りさんとどう接点があるのだろうな。まあいい、行ってみよう」

四人でいっせいに席を立って外へ出た。

春の日差しをぬって、不忍池の弁天堂あたりからは、まだ冷たい風が吹いてくる。

間口こそ広くないが、さすがに柳営（幕府）のおもだったところの御用達を任じる、俵屋の店構えだ。

四人が店に入ると、異様な光景である。櫛店に男四人は、なんとも艶消しである。店にいるほかのお客も迷惑そうな顔をしているのがわかる。

四人が困惑顔で立っていると、

「十兵衛さま」

と声をかけてきたのは番頭の平右衛門だった。十兵衛はほっとして、

「おっ、番頭さん」

と声がほぐれた。

平右衛門は、「こちらへ」と言って四人を店の奥まった一画に案内した。

「十兵衛さま、先だってはありがとうございました」

平右衛門があいさつしているあいだ留次はきょろきょろ店内を見回している。

「いませんぜ、旦那」

「なにかお探しでございますか」

平右衛門が不審な面持ちになる。

「いや、じつはな……」

十兵衛は、御成りさんの一件を平右衛門に話した。

「それはそれは難儀をいたしましたな」

と言ってさりげなく御成りさんを観察する。そして、

「ちょっとお待ちを」

奥に消えた。ほどなくもどってきた。にこにこして久慈川香右衛門がでてきた。そのうしろに平右衛門、その平右衛門のうしろについて、さきほど蕎麦やを出ていった男がいた。

「十兵衛さま、いらっしゃいませ。これは御成りさんも。富蔵さん、留次さんいらっしゃい」

香右衛門はそつがない。

「やあ、香右衛門、忙しいところじゃましてすまん」

「お話はお聞きしました。これ、仙太郎」

呼ばれて前に出てきて、十兵衛たちにあいさつした。

「手代の仙太郎です」

仙太郎は頭をさげたが、怪訝そうにちらちらと御成りさんの方を見ている。

「仙太郎さんですか。急におじゃまして驚かして申し訳ござらん。留次」

十兵衛は留次の出番をつくった。

「あっしは留次といいやす。さきほどそこの蕎麦やに四人でいたんですが、仙太郎さん、店を出るときお代を払いしな、あっしに軽く頭をさげてあいさつしませんでしたかい。あっしもぼんやりしてたんで、はて、誰かな、と不審におもったんですよ。もしかしたら……」

「はい、あたしは昼は蕎麦をすすったら、すぐに店にもどるほうでして、さっきもお代を払って、すぐにお店にもどろうとして、ふいと顔をあげたら、若狭屋さんが見えたので、あいさつしたわけです」

「若狭屋！」

「御成りさんは若狭屋の」

「ご主人です」

「ひぇっ、とうとう本貫《ほんかん》（本籍地）にとっついたか」

留次は感極まった。

十兵衛は、簡単に御成りさんとのいきさつを、仙太郎に話した。それで先ほどからの仙太郎の疑念はとけた。

「御成りさん、やっと家に帰れますよ」

留次と富蔵がいっしょになって声をかけた。

若狭屋は堀留町一丁目の比較的おおきな呉服問屋だった。

仙太郎の話によると、よく旗本屋敷や小大名の下屋敷で、顔を合わせたという。俵屋では外回りを、この仙太郎もふくめて数人で行っていたらしい。

若狭屋も番頭、手代が屋敷を回って商売していたが、数年前までは、御成りさん自身も荷をかついで回るほどの商売人だと、仙太郎は証言した。

「仙太郎さん、若狭屋さんが記憶をなくすようなことが、何かこころあたりはないだろうか」

「とても思いつきません。御商売も順調のようでしたし、現金掛け値なしの時代に、あれだけ出入りのお屋敷をもっているお店はほかにありません」

そう言ってから、仙太郎はおそるおそる、

「若狭屋さん、俵屋の仙太郎です。わかりますか」

と若狭屋の御成りさんに顔をちかづける。

「わたしが若狭屋ですか」

御成りさんは、まだ夢の中のようで仙太郎にすまなそうな返事をした。

「若狭屋さんは名はなんと」

「さあ、たしか分左衛門、若狭屋分左衛門といったような」

十兵衛はそこまでわかれば、もう堀留町の若狭屋に御成りさんをつれていくしかないと思った。

「仙太郎さん、お手間を取らせてすまなかった。香右衛門すまなかった、平右衛門さんもな」

「十兵衛さま、親切が実りましたね」

「いや、これから地獄巡りが始まるのさ」

「そうそう地獄はござりませんよ」

「御成りさんのためにもそうあれかしだな」

そう言って十兵衛は、きまぐれな己の行為をわかってくれよと、自嘲をふくんだ目で香右衛門をみた。

久慈川香右衛門は、わかってますよ十兵衛さまと、うなずいていつものような笑みで見つめ返した。どこまでも肝の太いおとこだと十兵衛はあらためて思った。

「よし、堀留町まで一足飛びでまいろう」

四人はこれまでのゆっくりした歩調は捨てて、早足で神田川を越えて囚獄《しゅうごく》の南、西堀留川に面した若狭屋をめざして飛んでいった。


横地作之進は、番所の中間佐吉と岡っ引の田茂三をつれて、店先の上がり框に座って直太郎の支度を、いまや遅しと待っていた。

「十兵衛どのはどちらにいらっしゃいますかね」

田茂三が作之進に聞いている。

「弁柄屋に寄ってから代地河岸の船宿に行こう。船宿にいることは間違いないんだ」

そう言ってるところに、支度をした直太郎が店先に出てきた。直太郎は顎のはったがっしりした顔つきの実直そうな若者だった。嬉しそうな、反面不安気な様子である。そうであろう。作之進の話を聞いて、その男は間違いなく父親の面ざしそのものであると直太郎は思った。しかし、だとしたら父親が、なぜそうなったのか想像も及ばない。早くこの目で確かめないことにはと、胸が張り裂けんばかりである。

「お待たせ申しました」

小僧が揃えた履きものに足をいれて、歩きだそうとした時、おおきな影がかたまりとなって直太郎の上に覆いかぶさった。

「十兵衛どの！」

横地作之進が素っ頓狂な声をあげた。あわてて顔をあげた直太郎が、眦《まなじり》を裂けんばかりに目を大きくして、

「おとっつぁん！」

と叫んだ。

一緒にいた全員が棒を飲んだようにその場に突っ立っていた。

若狭屋の奥座敷に全員が呼び入れられた。小鬢《こびん》に白髪のまじった番頭が、まだおろおろする直太郎を補佐して、如才なく気配りしている。

本来ならお内儀か直太郎の上さんがやることなのだろうが、御成りさんの妻は長患いで臥せっており、直太郎はまだ一人者のようだ。

「おとっつぁん、お帰り。心配しましたよ」

「おまえが息子の直太郎かい。心配かけたね。すっかりこちらの十兵衛さまたちにお世話になってしまったよ。おまえからもしっかりお礼を言っておくれ」

「わかりました。それでおとっつぁんは、まだここが若狭屋分左衛門の家だとわかりませんか」

「わたしが、分左衛門でおまえが直太郎……」

「あちらにいるのが番頭の久兵衛です」

「久兵衛……」

「旦那さま、お帰りなさいまし、久兵衛です」

分左衛門は一所懸命なにかを思いだすように久兵衛の顔を見ていた。さきほどからそんなことのくりかえしで、御成りさんこと分左衛門は疲れきっていた。

「ところでお内儀の具合はよろしいのか」

十兵衛が直太郎に聞いた。

「はい、四日ほど前に人事不省に陥りましたが、今はすこしおちついています。あのときはあわてて父に連絡を取りましたが、ご存知のようなことで途方にくれました。

ご番所に届けようとした矢先に、横地さまがおいでになられて、藁をもつかむ思いで一縷ののぞみをかけたところです。

十兵衛さま、ほんとうに父を救っていただきありがとうございました」

「いや、礼にはおよばぬ。分左衛門どのが、むかしの自分をとりもどさないことには、まだ喜べまい。どうかな、直太郎さん、お父上のことでなにか思いあたることはないだろうか」

「とくには気づきませんでしたが……」

「その甲府に行くというのはなにか」

横地作之進が聞いた。

「はい、ときどき。むかしから出入りしていましたお旗本のかたが、甲府勤番になられましたのでおなぐさめかたがた、一人でふらりとでかけていました」

甲府勤番は甲州街道の西の守りを固めるお役目ではあるが、じっさいのところは政争に敗れた者や、失態のあった者が江戸から放逐されるところである。

三千石以上の旗本なら、寄合となってお役もなく、俸禄も当然激減するわけであった。

〈山流し〉といって幕臣の間では忌み嫌われていた。

「それが、このたびは甲府に行かなかった。あるいは行く途中でなにか事件にまきこまれたということなのだろうか」

「さあ」

「ほかに気づいたことはないだろうか。番頭さんは何か気づきましたか」

「いつもと変わりなくお出かけになりました」

そう言ってから久兵衛は、

「あっ」

と言った。

「ひとつあれっと思ったことがありました」

「それは」

「はい。いつもより荷が少のうございました。いつもはそんなに大きなものではありませんが、大風呂敷に荷をつつんで、それを背中に背負っておでかけになりました。でもこのたびは大きくもない風呂敷に包んだものを、腕に抱えておでかけになりました。あれっとそのとき思ったのです」

「この着物じゃないのかい」

十兵衛が九兵衛にそれを示した。

「はい。さきほどから不思議に思って見ているのですが」

「向鶴の紋は若狭屋のじゃないと」

「うちの紋は向かいあってても、鶴ではなくて茗荷です。抱き茗荷なんです」

直太郎が説明した。

「分左衛門さんが下谷広小路で見つかったときの姿が、この姿なんだがな。ということはどこかで着替えたのか。ならばなんのためにということになるな」

作之進もまた迷路に踏み込んでいく。

「そういえば若旦那」

と言って九兵衛が膝をうった。が、すぐに口を噤んでしまった。

「番頭さん、どうした。なにかまずいことか」

「いえ」

と言って直太郎の方を見た。

「どうした、久兵衛」

「いえその若旦那のことなので」

「おれのか、なにか悪いことか」

「いえ、そうじゃございません」

「なら、言ってごらん」

「はい、じつは旦那さまは若旦那の結婚相手を決めたようでした」

「えっ、久兵衛、ほんとうかい。おとっつぁん、ほんとうですか」

直太郎は、分左衛門の腕をとって揺さぶらんかのようにせまった。

それでも分左衛門は、ただ話を聞いているだけで、表情に乏しかった。直太郎にとって分左衛門はそんなことを勝手に決める父親でなかった。

「若旦那さまが驚かれるのも無理もありません。たまたま旦那様がわたしに直太郎に誰か好きな人でもいるかい、と茶のみ話をするようにひょこっとおっしゃったので、わたしもなにもかまえずに、若旦那は仕事ひとすじでとてもそんなお人はいませんと、いったものですよ。そしたら旦那さまはそうかいといって、いい人がいるんだがな、とおっしゃったんです。それは独り言にも聞こえるおっしゃりようでした」

「ふぅ、はじめて聞いたよ、久兵衛」

「若旦那、ですぎたことを言ってすみません」

と久兵衛は直太郎に頭を下げる。

目の前にでている冷めた茶を飲んで横地作之進は、

「さて、これでひとまずおれの役料もつかない加役もすんだ。佐吉、引き上げることにするか。与力どのにも報告書をあげないとな。十兵衛どのお先に失礼いたします」

「分左衛門どのはまだ夢の中だがいいのかい」

思いがけない作之進の言葉に、十兵衛は梯子を外された気がした。

「夢が覚めないほうがいいってこともありますよ」

「いやなことを言うじゃないか」

「十兵衛どのも塩梅よろしくといかないと」

「能吏みたいな口をきいていいのかい」

「とんでもありません。十兵衛どのみたいに腕に自信がないもので」

「へそ曲がりな八丁堀の旦那だ」

「あっはは、お許しください」

作之進は佐吉と田茂三を従えて店を出て行った。

十兵衛は割り切れない気持ちのまままたたずんでいた。

「結局、役人の勝ちか。われわれは御成りさんと、飲んだり、食べたり、歌ったり、歩いたりして、やっとここまでたどりついたというのに、作之進は大番屋以来なにもせずに、ひょいと小耳に挟んだ隠居の話から、この若狭屋にたどりついた。なんということだ」

と十兵衛は珍しく胸のうちで愚痴った。いつもならもう一人の十兵衛がなぐさめてくれるのに、いまはその十兵衛もそっぽをむいて、なぐさめを言ってはくれない。こんなとき、律が生きていてくれたらと、ないものねだりで十兵衛は歯噛みした。

六

松葉屋の見世番（客引きの若い衆）の建造は、菊弥の話を聞いてからすぐさま飛んで帰って藤野に報告した。

「花魁、清五郎さんはお武家じゃございやせん。どうも立派な店を構えているようですよ。なんでも洒落本だかに店のことが書かれているとか」

「えっ、どういうことだえ」

「そのう、あっしはからきし文字はいけませんが山東……ええ、なんといいましたっけ」

「山東京傳かえ」

「そんな名前でしたね。そのお弟子さんとかが書いているらしんです。どうしましょう。菊弥姉さんは花魁ならわかるからと太鼓判をおしていました」

「そう言われてもすぐにどの本とはわからないねえ」

「いつも来る貸本屋に聞いたらどうです」

「蠹《と》簡《かん》屋の和七さんかえ」

蠹というのはきくいむしまたは紙魚《しみ》のこと。それで和七は〝しみったれのしみかず〟と陰口をたたかれている男だ。

「和七さんは本の中のことはちっとも知らないお人ですえ」

「じゃ、いったいどうすれば」

「困りんした」

せっかくここまで追い詰めて行き止まりとなってしまった。

「そういえば京傳先生は洒落本を書いているわね。それも吉原に入り浸って書いているということだわねえ。近江屋の女将さんに聞いてごらんな、建造」

「わかりました。京傳先生にどの本に清五郎さんのお店のことがかかれているか聞くんですね」

「簡単に京傳先生には会えないから女将さんにお願いするんえ」

仔細わからぬまま、建造は再び近江屋の女将のもとにかけつけた。まだ、昼の四つ半（午前十一時）である。お里をよんで女将さんにとりついでもらった。

朝方と同じ座敷で、朝方より化粧映えのした女将さんが同じく煙管を吸っていた。

「なにかわかったのかい」

「おかげさんでなんとかかんとか」

「そうかい。それで」

「へい。女将さん、山東京傳というのはご存知ですか」

「え、それは」

「うぅ、なんでも吉原のことを書いてる先生とか」

「ああ、その京傳先生ね。知らないことはないよ」

「さいですか。そのぉ、京傳先生に会えますか」

「そうだね。会えないこともないけど」

山東京傳が、江戸町一丁目の大籬扇屋宇右衛門抱えの、呼び出し女郎花扇の番頭新造菊園のところへ通っていたのは、今から七年も前のことである。

京傳は三十歳手前で、その頃は北尾政演《きたおまさのぶ》という、売れっ子の浮世絵師だった。黄表紙「江戸生艶気樺焼《えどうまれうわきのかばやき》」、洒落本「通言総籬《つうげんそうまがき》」で、江戸っ子におおいに受けたが、「錦之裏」などの洒落本三部作で、筆禍事件を起こし、手鎖五十日の刑に処せられ一時断筆した。

京傳は吉原では地味に遊びながら、沈湎《ちんめん》することはなく、吉原細見によれば、扇屋で抱えるおんなたち、八十数人中四十何番目かの格付けの、女郎菊園を妻に迎えたのである。

その頃、菊園は花魁につく、番頭新造で歳もいってはいたがじっさいには客をとってはいなかった。


建造はすぐに京傳に会えたわけでなく、事態が展開したのは近江屋の女将さんに会ってから五日後のことだった。

文使いの吟三が、油紙に包まれた薄い冊子と手紙を届けてきた。その日は朝から小糠雨が降っていた。

禿坊主からそれを受け取った藤野は、急いで手紙に目を通した。

松葉屋おもん様
と書いてある。

藤野は緊張した。あわてて差出人名をみると、

岩瀬醒《いわせさむる》

とある。

「はて」

藤野は文面を追うことにした。そこには今は煙草入の店を商いながら、読本などぼちぼち書いているのだと、したためられていた。お尋ねの件は、同封した洒落本に書いてあることかと思うと、親切に筆を尽くし、さらに花魁と親しく遊べなかったことを戯作者京傳、一生の痛恨事だと、慨嘆してみせていた。

藤野は思わず顔を赤らめて、少女おもんにかえったように胸がさわいだ。

「京傳先生、藤野もお会いしとうござんした」

と目頭が熱くなった。

それから振袖新造に、建造を呼びにやらせた。建造はすぐやってきて、

「花魁、京傳先生からなにか」

とあいさつもそこそこに、藤野の手のなかの手紙に目をとめた。

「手紙と本が届きましたえ」

藤野は顔を赤らめたところは割愛して、京傳の手紙を建造のために読み上げた。

「この本に清五郎さんの店のことが書いてあるんですね」

「今日は張見世にはでないからこれから読みますえ。それまでどこへも行かないで待っててておく

れ」

「わかりました。なんだかどきどきしてきました」

「わちきもな」

建造がさがってから藤野は薄茶色の洒落本をあらためて手にとった。〈春酣北里粋地散花《はるはたけなわきなよしわらはなのちるらん》〉と題簽《だいせん》（貼り外題）がある。作者名は都室早苗《つむろさなえ》と書いてある。

藤野は首をかしげた。

聞いたことのない作者である。洒落本は黄表紙よりも厚く、それでも四十丁ほどで、表裏二頁で一丁だから八十頁くらいのものだろうか。

時次郎という袋物屋の息子が、友だちを連れて登楼して、馴染みとどんちゃん騒ぎを連夜のようにくりかえし、しまいには父親から勘当され、好きな花魁からは愛想を尽かされる。それでも吉原が好きで、花魁からも離れたくないというので、茶屋の箱提灯持ちになった男の顚末をおもしろおかしく書いていた。

なかにこういう件《くだり》があった。

〈お前はそういふが、駿河越後屋の商ひに顔色なからしめる店がおおいなか隆々たり暖簾ありだ。いまは万都にきこえし紀州屋治左衛門がそれだあな……〉

駿河越後屋は駿河町のそれだろう、と藤野は察したが紀州屋治左衛門がはっきりしない。しかし、本に店の名前らしいものが出てくるのはこの件しかない。それにしても万都に聞こえしとあるからには、知らぬものはないということだろうが、藤野のむねにすとんと落ちない。こうした本にありがちな大袈裟な言い回しだろうかとも考えた。

藤野は建造を呼びにやった。

「というわけで、紀州屋治左衛門という店の名が書いてあるんえ。建造、知ってるかえ」

「越後屋さんと比べているようですから、やはり呉服のお店でしょうか。聞いた気もしますが、花魁とおなじではっきりしません」

建造もたよりないことを言った。

藤野は長命寺の桜餅を添えて、京傳に丁寧な返事を書いた。そして紀州屋治左衛門と、作者について忌憚ない返答を求めた。

一度、おめもじしたいと書き添えたかったが、ご新造の菊園に遠慮してそれはひかえることにした。そんなところに藤野の気性がみえる。花魁といえども、呼び出しと言われる最上格にはなれない、藤野の欲のなさがあった。しかし、この時藤野は菊園が、三年前に病死していたことを知らなかった。

第四章　定町廻り大原一蔵

一

番所というところは不思議なところだといつも大原一蔵は思う。

これだけ足を棒のようにして江戸八百八町（いまはそれよりはるかに多い町数だが）を同心二十五人で廻って、市民の安全に寄与しても、お目見以下の不浄役人だという。

上司の与力でもそうである。

別に家斉様に会いたいわけではないがおかしなものだ。奉行は三千石以上の旗本から抜擢されて、家臣の者を連れてきて内与力として身のまわりを固めるが、年番与力以下我々がいないと、何ひとつ仕事はすすまないのだ。

それが証拠に奉行の方から気をつかって、我々によく賜り物をくださる。

また闕所《けっしょ》（土地、家財など取りあげられる刑罰）にあった財産の一部を、役所で没収して、貯えに資するのに長けた輩も、時にはいたりする。

尻尾をださなければそれまでである。そういう奴を知らないわけではないが、一蔵は、はなから興味がない。

一蔵の最大の興味、というよりは気がかりは、役所のかかえる未解決の事件なのだった。どういう事情があろうとも、ぬくぬくと犯人を生かしておくことは我慢ならない。自分がかかわった事件ならなおさらだし、他のものの事件でも未解決となれば、一蔵は嫌われるのを覚悟で買ってでる。

なかには取違い（間違って検挙する）があってでも拷問、自白に追い込んでいく同僚がいるのがなんとしても口惜しい。そうまでして事件を決着させることは言語道断だ。

しかし、一蔵も生身の体、取違いを買ってでて、覆《くつがえ》すほどの力も時間もない。あとは取違いがないように神仏に願うばかりだ。

一蔵はそんな自分が役所で変わり者だと思われていることは十分にわかっていた。だからこそ、大晦日には上役宅に伺候して、十手を返すことになんのためらいもなかった。それでもこうしていられるのは、役所は自分をまだ必要としているのだろうと、一蔵は勝手に思っていた。

一蔵は、中間の兼八と岡っ引の藤次とで、練塀小路の河野暮庵の犯人を追っていた。

自身番屋に知らせがあって、一蔵たちが暮庵の家で、その亡骸《なきがら》に対面したのは、もう春の日も暮れかける頃だった。検死役の与力もついてきていた。

暮庵の弟子で信濃屋の息子常太郎が、青い顔をして畳のうえにへたりこんでいた。

一蔵が常太郎に事情をきくと、暮庵のいいつけで近くの薬種屋まで行っていたという。用事がすんで、そのままっすぐもどってみると、暮庵が倒れていて、近所に声をかけて番屋に知らせてもらったという。

「この家は殺されたお医者とあんたと二人かい」

岡っ引の藤次が聞く。

「そうですが、先生のお許しがあれば家に帰るときもあります」

「信濃屋さんというと」

「下谷同朋町です」

藤次は、すぐに頭の中に絵図を浮かべて場所の見当をつける。

「それで思いあたることはないのかい」

常太郎はここ何日かを振り返ってみた。

（あっ、そういえば娘が突然やってきて二晩も泊まっていったな。あれはなんだったのだろう）

しかし、常太郎は事件とは関係ないことだろうと思ったので、そのことは言わなかった。

一蔵たちは部屋のうちそとを入念に見てまわっていた。

暮庵は左の胸の下をひとつきにされていた。刀ではないようだ。手練の者の仕業には違いない。

とくに部屋が荒らされているわけでもなかった。

抽斗など引っかきまわしたあともない。柱にも刀傷ひとつない。

「物取りでもないのだろうな」

一蔵が藤次に言う。

「そうですね」

「あとは信濃屋の息子に番屋で話を聞こう」

それから一蔵は、

「ちょっとこのあたりを聞いて廻ってくれ」

と兼八に言った。兼八も下っ引の米伍と那須吉を走らせるまえに、一人でざっと近所をあたってみようと思った。

それから二日ほど、常太郎を番屋によんで調べたが、事件のてがかりはつかめなかった。もちろん、常太郎に嫌疑をむけて吟味したが、とても胸の下をひと突きにできるような若者ではなかった。

事件から三日がたってはやくも暗礁にのりあげてしまった。

大原一蔵と兼八が下谷長者町の自身番に顔をだしたとき、大家と書役と店番が狭い部屋で、固まるようにして火鉢に手をあてていた。

一蔵を見ると、店番はすぐに立って熱い茶をいれてもってきた。

「大家さん、暮庵先生のことでその後なにか思い出したことがありましたか」

兼八が熱い茶をひと口すすってから尋ねた。

河野暮庵は、四十半ばでずっと一人で家族はいなかった。弟子は常太郎一人で台所を手伝ってくれる通いのばあさんがいたが、腰痛持ちで休みがちだったのでいつの間にか暮庵と常太郎の二人になってしまった。

常太郎が来てまだ一年半くらいしかたっていない。その前は樺四郎という弟子がいたがいまは芝口のほうで町医として独立していた。

「商売はうまくいっておりましたか」

「そこそこだと思いましたよ。患者さんがおりおり見えましたし、往診にも行ってましたからね。夜中に駕籠で出かけたようなこともあったのではないですかな」

「夜中に」

「といっても夜四つ（午後十時）くらいですが」

「腕のほうの評判はどんなもんでした」

「悪いとは聞いてない、ね」

と言って大家は書役に話をふった。

書役は老眼鏡をはずして、右手でまぶたをもみながら、

「意外と腕は達者らしいですよ」

と打ち明け話をするかのように、膝を兼八にむけた。

「ほお、なにかあったかね」

兼八は三十を二つ三つ越えたばかりの頬骨のとがったおとこだが、なで肩で丸いからだつきをしていたので、話を聞くのに相手に威圧感をあたえない。

「あれは神田祭りの夜でしたな。佐久兵衛店の狗吉が香具師仲間と飲んでて喧嘩になってな、相手に腹を抉られて血だらけになってたのを、神田旅籠町の医者に診てもらったのだが出血がひどく、手におえないと言ってあきらめたのを、そこにいた仲間のひとりが暮庵先生を呼べっ、と言って駕籠をはしらせて暮庵先生に診てもらったんです。いまは狗吉はぴんぴんしてます」

「ふ〜ん、それほどひどい怪我をね」

「そのとき、暮庵先生はただものじゃないと思いましたよ」

「その暮庵先生を呼べと言った男は、先生の腕前を知っていたということになるな」

「そうでしょうよ、きっと」

「それは誰かわかるかね」

「狗吉にでも聞きゃわかるでしょう」

と書役はまた老眼鏡を鼻の頭にのせた。

一蔵は黙って話を聞いていたが、胸の中で合掌した。

「兼八、その男に話を聞いてきてくれ」

一蔵のそのひと言で、さっそく兼八は佐久兵衛店にはしった。

祭礼は暮れ方からなので、狗吉はまだ家にいた。

狭い土間に立つと、薄縁《うすべり》を敷いた板の間に鳥の形をした、色とりどりの笛が転がっているのが目に付いた。狗吉はこれを神社の祭礼で商うのだろう。

「おじゃまするよ」

兼八が丸い体をかがめて、商売の荷づくりをしている狗吉に声をかけた。

「花房町の」

兼八は花房町の親分でこの界隈で通っている。

「今日は祭りかい」

「妻恋稲荷でさ」

「そうかい。ひとつ聞きてえことがあってな。長者町のお医者が殺されたのは知ってるだろう」

「暮庵先生はあっしの命の恩人です。ひでぇことをしやがる奴もいるもんです。許せねえですよ」

「おめえが刺されたとき、すぐに暮庵を呼べっと言った者は誰かい」

「それは信介です」

「信介は暮庵の腕を知ってたということだな」

「そうでしょうが、あっしらの仲間では大方の人間は先生の腕を知ってますよ。あっしらの親方の命も、仲間の上さんの命も、何度も救ってますからね。お城のお医者より何倍かのお医者ですよ」

「そんな医者がなぜ殺されたのか、おめえにこころあたりはねえかい」

「まったくありやせん。阿漕《あこぎ》に治療代や薬代をとるわけじゃないんですから。恨まれようもありません」

「そうか。じゃましたな」

兼八は狗吉の目の色をみてあっさり引き上げることにした。

兼八が自身番にもどるとまだ一蔵がいた。狭い部屋に下っ引の米伍も詰めていた。やむなく店番の男は外に出て、掃き掃除などをしていた。

「旦那、待っていらしたんですか」

「いや、米伍がもどってきてな。面白い情報を聞き込んできたぞ」

「親分、お帰りなさい」

「米、どんな話だい」

「親分のいいつけ通り常太郎を見張っていたんですよ。すると奴は家の近くに倉稲魂命《うかのみたまのみこと》をまつったちいさな祠があるんですが、そこで毎日、手をあわせてなにかぶつぶつ言ってるんです。こりゃあ、なにかあるなと思いましたので、すぐに常太郎をとっちめましたんで。野郎、とんでもないことを隠していやしたよ」

そこで米伍は一蔵に話したことをもう一度、兼八に言った。

「その若い女が二晩も泊まったというのは」

「それは常太郎にもわからんそうだ」

一蔵が言う。

「どんな女なんですかね」

「二十歳くらいの娘だそうだ。どうも人を待っていたふうだと、常太郎はいってる。娘が帰ってから二日後に、暮庵は殺されているから関係がないとはいえまい」

一蔵たちは、いつもながらの事件の迷路にひきこまれていった。

二

藤野のところにひょっこり京傳が顔を見せた。

昨夜の客を帰してから、ひと眠りして化粧をし、身支度を整えたところに、建造があわてて知らせてきた。近江屋の女将さんが案内役だった。

「花魁、京傳先生を連れてきましたよ」

「まあ、女将さん、お店のほうに行きましたのに」

「いいのさ、花魁。先生がひと目花魁に会いたいからと、しきりにおっしゃるので花魁の都合もきかずやってきたのさ。許してくださいね」

女将のうしろに、面長の目元のやさしい男が立っていた。

建造と番頭新造が、京傳と近江屋の女将の席を設えていた。

京傳は煙管を一服してから、花魁に話しかけた。

「藤野花魁、矢も楯もたまらず会いにきましたよ。文ではわたしの気持ちも、届かないのではと思ってね」

「京傳先生、もったいないお言葉。このたびは無粋なお願いの数々、藤野こころよりおわびいたします」

「花魁、なにをおっしゃる。わたしもここにくるのに口実もできましたし、楽しみでしたよ。近江屋の女将にも久しぶりに会いましたしね。ああ、いつきてもここはいいところだねえ」

京傳は昔の縁を思い起こすように、部屋をぐるりと見渡す。

「ご新造様はお気の毒なことをしました」

「ああ、もともと病弱なおんなだったから、残念だがいっしょに暮らせて良かったよ。それより花魁その御仁は見つかったのかい。気になってね、つい懐かしさもあってやってきたわけでな」

「ありがとうございます。先生に送っていただきましたご本に、紀州屋治左衛門というお店の名が出てまいりますが、おはずかしいことによく存知あげないのですが。あれはまことのお店でございましょうか」

「あれはもうずいぶん昔だが、確かに室町一丁目にその店はあったのだ。これは近江の商人でな、室町は江戸店になるな。店の男どもは皆近江から来ていたんだ」

「近江の商人のお店が、紀州屋というのはなにかわけでもあるのですか、先生」

と近江屋の女将が言った。近江屋の女将のところはまぎれもなく先々代が、近江から出てきて作った店であった。

「うん、それだがな。わしも詳しいことはわからんが、もともと紀州屋は聖《ひじり》商人の流れをくむ呉服屋なんだ」

「高野聖《こうやひじり》の聖ですか」

「そうだな」

「それで紀州屋というわけですね」

「たぶん」

「それがどうして近江商人の店になり、いまはその名さえ聞かなくなってしまったのですか」

花魁に代わって女将が、すっかり話の舞台回しになってしまった。

「うん、これははっきりしたことがわかっていないのだが、紀州屋は取り潰されたのだ」

「誰にですか。それはいつのことですか」

「おいおい女将、そう性急に問い詰められても、話はとんとん先にすすむわけじゃないよ。ちょっとまってくれ。花魁お茶を所望してよろしいか」

藤野は聞いているだけで、胸がふわふわしてきて息苦しくなってきていた。

建造もまばたきもせず聞いている。

京傳はお茶を飲んで一息ついてから、

「それで……と、おっ、そうだ。紀州屋がどうなったかというとだな、それ、天明七年のことだ。札差や米問屋が打ち壊しにあって大変だったろう。日本橋あたりのお大尽も結構打ち壊しにあったのだよ。それの巻き添えで紀州屋はやられたんだ。巻き添えか狙われたのかは今となってはわからん。紀州屋は小さな店ではなかったが打ち壊しにあうほどの大店ではなかったがな」

「いただいたご本には万都に聞こえし……と書かれてありましたえ」

「そこまでの店ではなかったがな」

「それがわちきの清五郎さんのお店なんですかえ、先生」

「紀州屋はそれを機に江戸店はなくなったが、引き継いだものがいると聞いたぞ」

「じゃ、屋号は変わったのですか」

「そうなるかな」

「菊弥姉さんによると、清五郎さんはわたしの店のことが書かれているといったらしいのですが」

これは建造。

「その清五郎にとっては、紀州屋も自分の店というおもいなので、そういったのではないのか」

京傳はそう解釈していた。

「花魁、これは紀州屋につながる人を、草の根かきわけて捜さなけりゃなりませんね」

「建造、やってくれるかい」

「乗りかかった船ですよ、花魁。やれるところまでやってみやしょう」

「豪儀だねえ、建さんは。そうでなくっちゃね」

近江屋の女将も目を細くして建造を褒める。

「京傳先生、久しぶりに近江屋の二階でいかがです。芸者も呼びましょう。あとで花魁にも来てもらいますからね」

近江屋の女将が最後は仕切って、京傳をかかえるようにして藤野の部屋を出て行った。


建造は山東京傳に聞いた話を、頭のなかで何度もなぞっていた。紀州屋が打ち壊しの巻き添えをくって潰れたのは、表むきは京傳先生のいうとおりだろうが、ほんとうのところはどうなのか。それと清五郎さんがどうかかわってくるのか。さて、どこから探ったらよいのやら思案にくれていた。

(それより……)

建造はずっと気になっていることがあった。それはなぜ藤野は急に清五郎さんのことに執着し始めたのだろうということだ。

紋日に清五郎さんがあらわれなかったのは、きっかけにすぎないのではないか。それよりほかにもっと重要なことが、隠されているのではないか、それを知りたいと建造は思った。それは直接藤野にあって聞かなければならなかった。

藤野の部屋で建造は二人きりになってその疑問を口にした。

「花魁、清五郎さんは花魁と何か約束してたことがあるのではないですか。そこのところを聞かせていただければ探りやすくなるのですが。あっしの出すぎた口でしたらゆるしてください」

「建造、やっぱりおまえには隠し通せないんだろうねえ。それに触れずに済めばいいと思ったんだけどね。清五郎さんとの約束でもあるし、簡単に人に話してはねえ……」

藤野は話すのをしぶっていた。

「……」

建造は黙って膝に手をおいて、藤野を見つめていた。

「清さんがある男を捜しているのだ、とぽつりと言ったのだよ」

「男を……」

「足の薬指の長い男」

「それを花魁に」

「清さんは、あまりあてにしていない口ぶりだったよ。あちきも寝物語なので聞き流したんえ。それでもいつもとちょっと違う、清さんの様子が気になっていたんだね。

それとわちきのこんな気性が、むくむくあたまをもたげてね、その男をわちきの手でみつけようと思ったのさね。思いは通じるもんだね建造、二月の初午の日にその男があらわれたんだよ」

「それでわかりました。花魁の初会での床いりが」

「お店には迷惑かけなんしたな。いままで見たこともないお人《ひと》だったよ。早く清さんに知らせようと思ったのに清さんの宛所も知らない、やっと登楼したとき話したけれど、清さんは黙り込んでしまって。

そして紋日にはと思っていたのに、清さんはとうとうあらわれなかった。どころかあれっきりなのはおまえも知っているだろう」

「それでその男は」

「それっきりなんだよ。それも不思議だね」

「男について何かわかりましたか」

「それが、あれは熱心なわりに口数のすくないお方でね。やっと浅草の裏で昨日は飲んでいたということを聞いただけさね」

「浅草裏……」

それから建造は、花魁からひまをもらっては浅草裏、奥山あたりを徘徊するようになった。むかしの仲間にもそれとなく話を通しておいた。

その結果、わかったのはかわら版屋が、胸の下をひと突きで殺された事件があったということだった。

めざす男は、上背のある眉も髭も濃い男だと花魁は言っていた。足指の長さは簡単にしらべようがない。

建造が吉原にもどったときには、八つ半（午後三時）を廻って陽は西から斜めにさして家々や木々の長い影を道になげかけていた。

揚屋丁の侍の辻にある稲荷鮨店の床机に、若い男女が腰をかけてお茶を飲んでいた。近づいてよくみると、蓬萊屋の娘お玫と甲斐駒屋の若旦那与之二郎だった。

「これはおふたりでお仲のよろしいことで」

「皮肉ですか、建造さん」

「へへ、とんでもないです。お似合いです」

「それが皮肉ってもんですよ。まったくな」

と言って与之二郎は苦笑する。お玫は我関せずの様子で道いく人を眺めている。

「建造さん、いまごろふらふらしてていいんですか。花魁に叱られますよ」

「花魁のいいつけで朝から浅草中をかけめぐっていたんですよ。もうへとへとです。腹も減りましたよ」

昼前に蕎麦を食っただけだからと、与之二郎とお玫の間にあった皿の上のお稲荷さんをつまんで口にいれた。

「うまいなぁ」

と言って店の女にお茶を頼んだ。

「浅草で何を探しているんですか」

「男を捜してるんですよ」

「誰ですか」

「二人いるんです」

「二人も」

「厄介な頼まれごとですよ。あっしは岡っ引じゃないから話ひとつ聞くのにも手間取ってしまって。でも世話になっている花魁の頼みだからことわれなくてね」

「どんな男ですか」

「手伝ってくれるのかい」

「力になれないかも知れないけど」

「清五郎さんって花魁の馴染みだけど知ってるかい」

建造は、清五郎の風貌を与之二郎に説明した。

「ふ〜ん、その人なら見かけたね」

「与之さん、間違いないかい。それはどこでかい」

「まってくれよ。江戸町の茶屋あたりかな」

「なんだい、吉原でかい」

「そうなんだが、なにかあったぞ」

と与之二郎が首をひねる先にお玫の笑顔があった。

「おっ、思いだしたぞ、建造さん。下谷広小路だ」

それを聞いてお玫はにっこりうなずいた。

「下谷広小路で会ったんですか、清五郎さんと」

「違うんだ。広小路で友達にあったんだけどね、その友達が話していた男の人が清五郎さんにそっくりなのさ」

「ええ、他人の空似というのもありますからね」

「なんだい建造さん、人がせっかく思いだしたのにそれはないだろう」

「その男はどんな人なんですか」

「なんでも記憶をなくして、自身番につれて来られたらしいんですよ。番所からも役人が来て吟味したけれど、まったく記憶がもどらないらしくてね」

「それはいつの話ですか」

「あたしとお玫が広小路で友達とあったのが、十八日だけど、男が自身番につれて来られたのが十五日と言ってたな」

「えっ、与之さん、い、いまなんと言った。十五日と言ったかい」

「そう聞いたよ」

建造は、顔を真っ赤にして、与之二郎の手を両手で握った。そして隣のお玫の手も握って「ありがとう、ありがとう」

と言った。

「やっと尻尾をつかんだぜ。それだその男が清五郎さんだ」

「友達はその男を御成りさんと言ってましたよ」

傍らでお攷が、夕焼け空を背にして巣にかえる鳥影をながめながら、童歌を口ずさんでいた。

三

建造は松葉屋に飛んで帰った。禿が大廊下をうろうろするのを突きとばして、藤野の部屋に駆け込んで行った。

やり手のおしんが、

「静かにおしよっ」と建造の背中にどなった。

「お、花魁、見つけました。つ、ついに見つけましたよ」

「どうしたんだえ、建造」

「何のんびりしてるんですか、花魁。清五郎さんをついに見つけましたよ」

「えっ、清五郎さんを。生きていたのかい」

「ええ、生きていますとも」

「どこだえ、すぐに会えるのかい」

「いえ、これからあたしも会いに行くところです」

「どこに清五郎さんはいるのかい」

「それが……」

「どうしたえ」

建造は藤野にここまでの経緯を話した。聞くうちに藤野の目から大粒の涙がふくれあがってこぼれおちた。

「安心したえ。清五郎さんが不実のお方でなかったことがわかって安心したえ」

建造も洟《はな》をすすった。

「わちきが清五郎さんをたんと抱きしめて、記憶をとりもどしてあげるわいね」


建造は、与之二郎から聞いていた船宿富樫に、十兵衛を訪ねて行ってみたが、いなかったので、南茅場町の材木問屋弁柄屋を訪ねた。

昼の四つ（午前十時）になっていた。

十兵衛はいつもの待機部屋にいて、窓のない部屋で書物を手にしていた。

千代がお客さんですと、呼びに来たので十兵衛は驚いた。ここに十兵衛を訪ねてくるものなど誰もいない。

手代や小僧や大工たちが、せわしなく店の内外を動きまわっているなかに、ぽつんと青梅縞を着流した男が立っていた。

「如月十兵衛さまですか」

「そうだが」

「吉原の松葉屋の建造と申します」

建造は、そう自己紹介をして突然の非礼を詫びた。

それから十兵衛の後について、いつでも自由におつかいくださいと、茂左衛門からいわれている広い座敷に移った。

台所仕事を手伝っている媼《おうな》が茶をいれて持ってきた。

「吉原から、珍客ですな」

「恐れ入ります」

「じつは清五郎さんのことで」

「清五郎さんとは……」

建造は、藤野から始まるこれまでの諸々を、十兵衛に話した。

「なんとなんと、御成りさんが清五郎さんとは驚きました。よくここまでたどりつきましたな」

「山東京傳先生からは清五郎さん、ええ、つまり若狭屋分左衛門の店が、紀州屋治左衛門の店と、なにか関係があると教えていただきました」

「打ち壊しね、そのあたりに御成りさん、若狭屋分左衛門さんの過去があるのだろうか」

建造は、藤野が足指の長い男を、若狭屋分左衛門が捜していたことまで、十兵衛に告げるべきか、すこし躊躇したが、すべて隠すことはやめにした。

「その男も御成りさんの過去に、影をおとしているね。もしかしたら忌まわしい過去に登場してくる男だろうな」

そう言って、

「つかぬことを聞くが、その御成りさんの背中に、刀創があるのは存じておるか」

「えっ、傷ですか」

「そうだ。右肩から背骨をななめに横切って、斬り下ろした凄まじい傷だ」

建造は一瞬蒼白になった。そして全身に悪寒がはしって、ぶるっと震えた。

「信じられません」

そんなものを背負っていながら清五郎さんは、慎み深く、それでいて何事も金次第の吉原で、自然体で遊んでいたのは、奇跡的なことだと建造は思った。

「それで花魁は知っていたんだろうな。三年も馴染んでいたのならな」

「いいえ、はじめてききました。花魁はひとこともそんなことは言っていません」

建造はそう言ったが、今度の花魁の執着は、そのあたりにも秘密があるのかも知れないと咄嗟に思った。

「若狭屋さんはいまは堀留町に」

「そうだ。役人はもとの鞘におさまって、一件落着と大威張りで引き上げてしまったよ」

「若狭屋さんはまだ記憶を」

「かすかに蘇るものもありそうだが、まだ鮮明というわけにはな」

「そうですか。どうして記憶をなくしたんでしょうか」

「わからないいな」

「若狭屋さんが捜している男の足取りを追ったのですが、浅草裏あたりに出没するようです」

「そのあたりに何かあるのか」

「さあ、わかりませんが……。ひとつ、山之宿でよみうりのおとこが、胸をひと突きされて殺される事件がありました」

「山之宿?」

「浅草寺の横手、大川端です」

「そうか、山谷堀のところだな。おいっ、まてよ、いまなんと言った」

「?……」

「殺されたおとこ、胸をひと突きだと」

「左胸の下をひと突きされて殺されたそうです」

「何!」

十兵衛は、久美や香右衛門の言ったことがこれか、いよいよ地獄の釜を覗くことになるのかと暗然とした。

「如月さま、どうしました」

十兵衛はこれだけは建造に話すわけにはいかなかった。十兵衛の額にはうっすらと汗が浮かんでいた。

「では、まだ若狭屋さんに会っても、花魁のことや、その男のことはわからないでしょうか」

「なにをきっかけに思いだすかわからないので、無駄ということはないだろうがしばらく時間をかけるしかないのではないか。それよりその紀州屋治左衛門のほうを調べたらどうかな」

「そうします」

建造もそう思っていた。清五郎さんが若狭屋分左衛門であるとわかっただけで、花魁の頼みの大方は達したのだからと建造なりに満足した。


建造が帰ってから、十兵衛の気持ちは曇ったままだった。

御成りさんは、もとの若狭屋分左衛門にもどったのだから、それで無事に片付いたはずなのだ。同心作之進のやりかたでいいのだ。

御成りさんはお上さんが病弱とはいえ、吉原で花魁遊びもできる御仁じゃないか、何が不幸なものか。だれも困っている人間はいないのだ。

しかし、と十兵衛は思う。あの傷、暮庵とかわら版屋の死、おつまの秘密、なにひとつしあわせなことはない。

　これは見過ごしてはならないと十兵衛は誓った。ことにおつまにはしあわせになって貰いたいなぁと、十兵衛は気持ちを湿らせた。

　待機部屋に千代がやってきた。

「お客さまはお帰りになられましたのですか」

「ついいましがたな」

「今日、療治を予定していました、大伝馬町のご隠居が風邪をひかれましたので、鍼はおやすみするそうです。風邪は掛り医に診てもらうそうです。それでお嬢様が若狭屋さんに行きたいとおっしゃるのですがいかがされます」

「いかなることかな」

「若狭屋さんのからだの具合を診てみたいとおっしゃるのです」

「まさか鍼で記憶をよびもどそうと、考えているわけではないだろうな」

「わかりませんよ。お嬢様は天才鍼医という噂ですから」

「困ったな。鍼の患者がふえればふえるほど、桃春どのは自分で自分の首を絞めてしまうな」

「今日は治療部屋での施術は、午後にふたつほどですから十兵衛さままいりましょう」

　千代は「中吉、中吉」と呼んで、これからお見舞いかたがた十兵衛さまが会いたいからと、若狭屋分左衛門さんの店に知らせておくれと言った。

中吉の手に蕎麦一杯ぶんの十六文を千代は握らせた。

また三人の徒歩鍼行が始まった。

堀留町までは江戸橋を渡って、米河岸を北に行けばほんの数丁である。

日本橋川には、荷船が米やら薪やら種々の物をうずたかく積んで、行きかっていた。三人は健脚を競うように、どんどん川沿いの道を歩いて行く。

御成りさんの若狭屋は、間口が八間ほどありそうな、堂々とした店構えである。日除けと埃除けの長暖簾に風格がある。

店先に息子の直太郎と、番頭の久兵衛が出て三人を迎えてくれた。

「十兵衛さまようこそいらっしゃいました」

「直太郎どの、番頭さん、急にお訪ねして申し訳ありません」

「どうぞ、どうぞ、遠慮はいりません。父もお待ちもうしております」

直太郎は自ら案内して奥の座敷に誘った。

御成りさんの若狭屋分左衛門が、穏やかな顔をみせて座っていた。

「おとっつぁん、見えましたよ」

「十兵衛さま、よくおいでくださいました。その節は言葉に尽くせぬほどのお世話をおかけしまして分左衛門衷心よりお礼申しあげます」

「御成りさんにそう言われると恐縮しますな。今日はわたしが用心棒を仰せつかっています、桃春どのと有能な御側役の千代どのと、同道してまいりました」

「若狭屋さん、とつぜん押しかけましてお許しください」

千代がそう言うと、桃春も千代と一緒に頭をさげた。

「弁柄屋のお嬢様のことは、それはもう町中の評判ですから、今日はお会いできて光栄です」

直太郎が如才なく話に加わる。

「いかがかな、分左衛門どの具合のほどは」

「不思議なものですね。わたしはわたしが若狭屋分左衛門と、はっきりわかっていないのに、直太郎がおとっつぁん、おとっつぁんと言いますし、この久兵衛も旦那さん、旦那さんと日に何度も声をかけてきますからはい、はいと言っているうちに、ほんとうにわたしがその若狭屋分左衛門だと、思うようになってきました」

「おとっつぁん、ほんとうもなにも、この世で若狭屋分左衛門は、目の前のおとっつぁんしかいないんですから」

「そうでございますよ、旦那さま」

「そう言われてもね、その若狭屋分左衛門は、何ができて何ができなかったのか。やさしかったのか、業突く張りだったのか、さっぱりわからないんだから奇妙なものなんですよ」

「まあ、それもおいおいでいいですよ、若狭屋さん。ところでお上さんの具合のほうはよろしいのか」

「ええ、父を一度だけ枕元までつれていきましたが、辛そうにするのでそれきりにしてます。母は離れで休ませています。調子の良いときには、根津のほうの寮で養生させていたのですが」

「どこかわるいのですか」

桃春が直太郎に聞いた。

「心の臓がすこし弱っていると、掛り医は申してますが、時折り発作におそわれて、先だっての父が留守のときもそうでしたので、あわてたのでした」

「もう長いのですか」

「四、五年になるでしょうか」

十兵衛は、桃春と直太郎の話をききながら、分左衛門の様子をみていた。分左衛門はいくぶん眉根を寄せたような顔をして、熱心に会話に耳を傾けていた。

「直太郎どの、今日はお見舞い方々、桃春どのがお父上をお見立てしたいのだそうだがかまわないだろうか」

十兵衛が告げると直太郎は、

「よろしいのですか。父もこんな塩梅ですからからだを心配しておりました。ご配慮いただきましてありがとうございます」

「お父様に準備をしていただいてよろしいですか」

千代がさっそく別室に用意をしてもらうことにして、桃春の手をとって廊下に出ていった。

直太郎も準備のため部屋を出て行ったので、部屋には番頭の久兵衛と十兵衛だけが残った。

「番頭さん、分左衛門さんがあれで、お店のほうは大丈夫なんですか」

「ええ、若旦那がすべてのみこんでいますから、なんとかやれています」

「それなら安心ですな。まあ、番頭さんもいることだし、直太郎さんも心強いだろうな」

「そんなこともございませんが、早くわたくしも隠居してゆっくりしたいのです。そのためには若旦那に身を固めてもらうのが一番なんです。それも近いうちのことだと楽しみにしていたのですが」

「番頭さんは、失礼ですがおいくつになられますか」

「はい、もう五十四でございます」

「失礼ついでと言ってははなはだ申し訳ないのですが、分左衛門さんはよく吉原のほうへは行かれていたとか」

「はい、お上さんもご病弱なこともあってときには息抜きされています」

「決まった人でも」

「最初はわたくしもご一緒いたしましたが、旦那さまはきまった人というよりあちこち気移りはなさらないような遊び方なので、同じ茶屋にあがり同じ花魁をよんでおりました」

「花魁となると花代もばかにならないのでしょうね」

「それはわたくしなどとてもできません」

「大丈夫だったのですか」

「はっ」

「いや、そうした内証のことですが」

「はい、もちろんです。お店のものはいっさいいじっておりません」

「ふ～ん、分左衛門さんは偉いお方だな」

「でも苦労は多ございました。お上さんのことはもちろんですが、お店も一度は潰れたのですから」

「えっ、潰れたのですか」

「はい」

「それはいつのことですか」

「天明七年の夏でした」

「えっ、それじゃ紀州屋治左衛門という店か」

「よくご存知でございますね」

「番頭さん、どういうことですか」

「紀州屋は商売もうまくいっておりまして、わたくしも通いの番頭格でございました。お店の場所はなんどかかわりましたが貞享（一六八四～八八年）の頃よりお店は始まっております」

「百年も前から。それは驚いた。その紀州屋がなぜ打ち壊しにあったのですか」

「いまだにそれは誰にもわかりません。紀州屋もそれで財産を失ったわけではなくただ店は破壊されたのです」

「あのときの前代未聞の騒擾に紛れて誰かがやったのか。町奉行所も公儀も手をこまねいていただけだからな。それから紀州屋はなくなったのですか」

「はい。大旦那様は、四人のお子様がおりました。お子様たちに財産をお分けになり、やめる奉公のものにも退職のためのお金をお支払いしました。

やめたくない者はいまのわたくしの旦那さまが、すべて引き取り若狭屋としてこの場所で再出発したのです。

前のお店の顧客もそのままでしたから、これといった苦労もなくやってこられたのが、幸せといえばいえるのですが後味の悪いできごとでした」

「ふ〜ん、聞きしに勝る奇妙な話だな。それでその四人といいましたな、分左衛門さんはこの紀州屋の名前を変えて継いだ、それはいい。あとの三人はどういう」

「それがよくわからないのです」

「なに、わからない。一緒に店を手伝っていたのではないか」

「最初は大旦那さまと一緒に店を切り盛りしていたようでございますがいつのまにかいまの旦那さまだけになってしまったようです。四人で揃って働いていたのは随分前のことのようでして古株のわたくしもじつは知らないのです」

「番頭さんはいつから紀州屋へ」

「十八年前でございます」

「そのときは分左衛門さんは一緒だったのか」

「いいえ、わたくしがほかの店から紀州屋さんに移ったときにはいまの旦那さまはいらっしゃいませんでした」

「いない？　それはどういうことか」

「そのときはお子様の誰ひとりとして店の仕事はしてなかったのです」

「紀州屋の大旦那はそれでよかったのか」

「わかりませんが、いずれ誰かがと思っていたのではないかと思います」

「しかしそれだけ商売がうまくいっていて跡継ぎが四人もいて番頭さんが店に入ったときに誰もいなかったというのは奇妙すぎるな。

若狭屋さんの歳からみても、十八年前といったら二十代も半ばを過ぎているような働きざかり、仕事の覚えざかりじゃないか」

「ごもっともですがそういうことでした」

十兵衛は、ほんの暇つぶしのつもりで、久兵衛に話しかけたが、とんでもないことが飛び出してきた。松葉屋の建造一人ではとてもたちうちできないと十兵衛はうなって茶碗に手をのばした。

こんなときでも乾いた喉に冷えたお茶はうまかった。

半刻近くがたったろうか廊下に足音がして桃春たちがもどってきた。

「十兵衛さま、お待たせいたしました」

直太郎が、ずっとついていたのかそう言ってもどってきた。分左衛門に続いて桃春と千代も部屋に入ってきた。若いおんなが新しいお茶と菓子をもってきた。

「桃春さま、お忙しいところ、いままで受けたことのないような、療治を施していただきありがとうございました。すっかり気持ちがしゃんとしてきました。いろいろ思いだせそうです」

「まあ、若狭屋さんお世辞でも嬉しいです。早く思い出していただけたら、鍼治療にまた自信がでてまいります」

「若狭屋さんがんばってくださいね」

と千代も言う。

「あの、直太郎さん、今度お母様のおからだも診させてもらってよろしいですか。今日はちょっと疲れましたから、もうすこししてからぜひ診させてください」

桃春がそう言うと、直太郎は狼狽しつつ、

「そんなことがお願いできるのですか。おとっつぁん、感激ですね。桃春さまにおっかさんが診てもらえるなんて。桃春さま、十兵衛さまありがとうございます」

直太郎は素直すぎるほどにそう言って頭をさげた。

十兵衛は久兵衛にもっと話をききたかったが、用心棒のお役目が先だと思って、若狭屋をあとにしてまた三人で南茅場町への道をたどった。

歩きながら、

「若狭屋はほんとうに大丈夫だったのか」

と十兵衛は前を見ながらふたりに聞いた。

「どうしてそんなふうにおっしゃるのですか」

千代が聞きとがめるように言う。

「いや、そんなふうに聞こえたか」

桃春も千代も黙ったまま歩いている。

「なにかあったのか」

「十兵衛さま、若狭屋さんはなにか隠していますね」

桃春が言う。

「そうだな。いろいろあったのだろうな。でも思いだせないのだから仕方ないだろう」

「いえ、そうではなくて、からだの……」

「からだ？　悪いのか」

「あまりいい状態とは」

「どういうことかな」

「脈が弱いですし、肝臓も心配です」

「それはなにか心労が重くのしかかっていたからだろう。それを取り除けばよくなるのではないか」

「そうなればよろしいですが」

御成りさんは酒も好きだったな、と十兵衛は御成りさんとの短い共生の日々を思いおこしていた。

四

おつまは暮庵が死んだことを知らなかった。

十兵衛と桃春と千代が三春に来てから元気がすこし出てきたので、暮庵の家を訪ねてみようと思った。

あれから留次が、一人で出歩くことにうるさく干渉してきたので、なかなか機会がなかったが、留次が十兵衛と出かけるという日に、主人から半日暇をもらって大川を越えて、下谷長者町に行ってみた。

途中でまた木助たちに会わないように、用心しながらおつまは歩いた。

練塀小路を左に曲がって、まもなく暮庵の家が見えてきたが、家のまわりはひっそりしていて、格子も玄関も固く閉ざされ、竹矢来が玄関に打ち付けられていた。

「どうしたのかしら」

おつまは急に不安になった。あれから六日しか経っていない。

「あのお弟子さんはやめたのかしら」

おそるおそる近づいて門の生垣からのぞいて見たが、ことりとも音さえしない。しめつけられるような不安におつまはとらわれた。

とつぜん、背中の方から声がした。

「どなたかお探しですかな」

「ひぇっ」

「おぅ、そんなに驚かれなくてもようござんしょ」

羽織を身につけた初老のやせた男だった。

「すみません。あまりにびっくりしたので」

「ああ、それはごめんなさいよ。これから番屋に行くところでな」

「大家さんですか」

「杢兵衛《もくべえ》です」

「こちらの暮庵先生を訪ねたのですが」

「暮庵先生に御用ですか」

「はい」

「ご存知ないのですな。先生はお気の毒にお亡くなりになりました」

「えっ」

それから杢兵衛は暮庵の死について話してくれたようだが、おつまの耳には届かなかった。

もと来た道をおつまは蹌踉《そうろう》としながら歩いていた。殺された暮庵の面影をさがし求めているようだった。


それからおつまは誰にも相談できずにいたが、とうとう留次に話してしまった。

留次はおつまが一人で暮庵を訪ねたことをつげたら、

「馬鹿やろう」

とおつまにどなった。

「あれほど一人で出かけるなと言ったろう。おつまに何かあったら十兵衛の旦那におれが怒られるんだから」

「……」

「まあ、仕方ねえ、済んだことは。それより手紙をもらって暮庵先生の家に行くとき、ちったぁ、おれに言ってもらいたかったたな」

「……」

「いいや、まあ、それも済んだことといえば済んだことなんだが、まあ、すこしくらいはな。おれとおつまの仲だからさ」

留次はおつまの気持ちがわからないでもないので遠まわしにおつまを詰《なじ》った。

「おれもおつまに隠していてすまねえが、十兵衛の旦那と暮庵先生の家に行ったのだ。十兵衛の旦那たちが三春にきた日だ。

そこで先生の惨《むご》い死を見たんだ。そのとき、十兵衛旦那が手紙を探しだして持ってきたんだが、その手紙はおつまが暮庵先生に持っていったものだ」

そうだろう、と留次はおつまの目をのぞきこんだ。

おつまはちいさく頷いた。

「そこで誰かと待ち合わせていたんだな」

「だけど会えなかったのよ」

「暮庵先生だけがその人を知ってなさるのかな」

「お弟子さんがいたから、もしかしたら知っているかも知れない」

「その人はおつまに何をいいたかったんだろう」

「……」

「おつまは今の暮らしがいやなのか。おれがこんな具合だし、おっかさんも急に寝込みがちになったりしてきたからな、おつまも楽ではないがさ」

「そんなことはないよ」

「おつまは侍の家の前に捨てられてたからな。ほんとのおとっつぁんやおっかさんのことは、そりゃ知りたくなるよ。もしおいらがおつまの立場だったらそう思うさ」

おつまは養母とふたりの長屋暮らしを不幸とは思っていない。留次もいるし、富蔵もなにくれと心配してくれる。このごろは十兵衛や桃春、千代までが声をかけてくれて、今までと違う世界がおつまを照らしてくれていることにひそかに感謝していた。

それでも今度のおとこの手紙には気持ちが揺れたのだ。そしてまさかこんな結果が待っていたとは知るよしもなかった。

留次と話してからは、おつまはすこし落ち着いたがまだうじうじと悩んでいた。

「あの大家さんに聞いてお弟子さんに連絡をとってみよう」

おつまはそう決めて、またひとりで下谷長者町に出かけた。

暮庵の家はまだひっそりしていた。

生垣からなかをのぞきこもうとして首をのばしたとき、

「あんた」

と呼びかけられた。

暮庵の弟子の常太郎が立っていた。

「やっと会えたね。ずいぶん待ってたよ」

「あの時の」

「弟子の常太郎です。かならず来ると思って待っていたんです。なんとしても暮庵先生を殺した犯人をゆるせなくて、あなたにも協力してもらいたいんだ」

「おつまです」

「ああ、そうおつまさんだったね、たしか」

二人が立ち話をしていると、

「ちょっと」

と咎める声をかけてきたものがいた。

「骨がおれたぜ」

下っ引の米伍だった。常太郎は自分以外にも、おつまがあらわれるのを待っていたものがあったので驚いた。

「そこの自身番で話をきこう」

米伍はさきにたって、長者町の番屋にさっさと歩き出した。

番屋には同心の大原一蔵も岡っ引の藤次もいた。

「おつまさん、だったね。仕事はしてるのかい」

藤次の声音《こわね》は低く、おつまは身を固くする。

「お店で働いてます」

「店？」

「両国の三春という一膳めしやです」

「暮庵先生が殺されたのは知らなかったのかい」

「はい」

「あんたは誰かを待っていたんだって」

「はい」

「知り合いかい」

「いいえ」

「まったく」

「はい」

「それは軽率じゃないかい。知らない人と会うのに、知らないお医者の家にくるなんて、正気の沙汰じゃないよ。しかも二晩も泊まっていくなんて、堅気の女子のすることっちゃねぇ。なにか深いわけでもあるのかい」

藤次の声がからみついてくる。

「……」

「だまっているんだったら話すまでここにいて貰わなくちゃいけなくなるぜ。親御さんも心配するだろう」

「……」

藤次はそこでおつまに聞くのはあきらめて、しばらく常太郎にいろいろ聞いていた。

大原一蔵はだまっておつまを見ていた。そして、

「あんた手紙を暮庵に渡したそうだな」

「……」

「常太郎がそういっている。その手紙は誰から預かったのだ」

手紙まで持ち出されて、おつまはもう隠し通しても無駄だと観念した。

「はい。知らない女のひとが店までやってきて渡してくれました」

「知らない女」

「はい。男の人から頼まれたといって持ってきたんです。わたし宛の手紙と暮庵先生宛の手紙です」

「二通か」

「はい」

「あんた宛の手紙にはなんて?」

おつまは大原一蔵に、懐からその手紙を取り出して渡した。

「話のおおよそについては見当はつかぬか」

「……」

「しかし、二晩も男を待っていたんだから、すこしは思いあたるふしがあるだろう」

一蔵に食い下がられて、おつまは自分の知る限りの出自を語った。

「なるほどな。おれにしたところで二晩でも三晩でも待つかも知れねえな」

と一蔵にしては珍しく同情するようなことを口にした。

「藤次、おつまさんと常太郎さんにはひきとってもらえ。お二人ともごくろうさん、気をつけて帰れよ。かならずおれが犯人をふんじばるからな」

そう言って一蔵は、二人を自身番屋から送りだした。それから、藤次に目配せして米伍におつまの後をつけさせた。


七つの鐘が本郷台地に鳴り渡る。

藤次は昨日、仲間の集まる神田花房町の煎餅やで、聞いたことを大原一蔵に話していた。

「花房町というのは竹丁のほうかい」

「いえ、藁店のほうです」

「あそこに煎餅やがあったのか」

「仲間の下っ引が親父にやらせてるんですよ」

「木戸番より楽でいいか」

「それより旦那、山之宿の殺しは聞いていますか」

「ああ、よみうりのだな。胸の下をひと突きだな」

「長者町と同じですよ」

「同じやつか」

「部屋もきれいなもんですし、物もとられていないようですからまず間違いないでしょうね」

「そっちのほうはなにか手がかりはでてるのか」

「不審な人間をききこんでるようですが、まだあがっちゃいないようで」

「こっちはどうだ。米伍と那須吉だけでたりるか」

「おっつけ那須吉が知らせてきます。昨日の話ですとあの近所の下駄やの隠居が、といってもまだ四十をでたばかりですが、下総の親戚に法事で泊まりがけで出かけていて、昼にはもどってくるというので、那須吉が隠居を待って話を聞いてくることになってます。

なんでも家人の話では隠居は事件のあの日、医者の家の前あたりでからだのでかい見慣れない坊主を見たと、家人に話していたそうなんです。

それでその夜医者が殺されたことを知って、気になるなぁと言って旅だったというんですがね」

「ほかにその坊主を見たものはいないのか」

「いまのところ気づいたのはその隠居くらいで」

一蔵と藤次がそう言っているところへ、那須吉が飛び込んできた。

「親分いってきました」

「どうだった」

「隠居の話では黒い袈裟を着て、笠をかぶった背の高い坊主らしいですよ」

「それで」

「ふつうでしたら坊主はその辺を門付けして廻るはずが、どうも最初から医者の家に向かって歩いて行ったようです。そして二度錫杖を鳴らしたそうです」

「医師の家に入ったところは見てなかったのか」

「それほど長く見てたわけではなかったようです」

「ほかに坊主を見たものはいないのか」

「周りを聞いてみましたがいまのところは」

藤次と那須吉のやりとりを聞いていて、

「その坊主がくせものだな」

一蔵が渋茶をすすりながら言った。

五

おつまが両国橋を東詰めに渡って、橋の傍らの小屋がけの前にたたずんだところまで、米伍は目にして、反りをうった橋をくだって、唐人奇術師の小屋前にきたところ、元町の辺りにも竪川《たてかわ》の垢離場《こりば》のほうにも、おつまの姿が見えなかった。

米伍は泡を食って、駒留橋の袂までかけだして、おつまの姿をさがしたが見失ってしまった。

あわててもどって、橋の袂の奇術師の小屋をのぞいたが、何人かが後片付けをしていて客の姿はなかった。

「すまねえ、ここに若い女が来なかったかい」

莚をまるめて運んでいる男に米伍は声をかけた。

男は胡乱な目をむけて、

「とっくに見世物は終わってるよ」

と言って仕事の手を休めなかった。

薄暗い小屋の裏手は、すぐ大川につづいていて、その暗がりは何人もひとを飲み込みそうだ。

米伍はあわてて、小屋の裏手にまわってみると船着場があり、ここから船をだせばどこにでも行けるのを知った。


久しぶりに船頭の佐助と昔語りをして、船宿小張の二階の六畳間で十兵衛は、飲んでいた。

茗荷を刻んだうえに生姜をすってのせてある。小鉢には江戸前の青海苔に三杯酢がかかっていた。

今日は桃春のところの仕事が早く終わったので、まっすぐ宿に帰り、書を紐解き、文をいくつか書いて過ごした。

女将が内田屋の心太《ところてん》を買ってきたので、芥子《からし》をつけて食べたら、からだ中の滓《おり》が消えて、生まれ変わったような気分を味わった。今日は陽射しが強く、蘇生するようなそんな日だった。

「また釣りにいきたいな」

「江戸には釣堀もたくさんございますよ。釣ったらその場で、天麩羅にもしてくれます。この間、鯰の天麩羅を食べましたが、鱚《きす》よりうまいくらいでした」

「ほう、うまそうだな。深川の霊岸寺の裏あたりかい」

「あそこもそうですし、三味線堀もありますね。弁当を持って、小梅のほうに足をのばせば命の洗濯になります」

佐助は江戸のことはなんでも知っていて、酒を飲みながら話すのに重宝なおとこだ。

最高のあてだな、と十兵衛はひとりでクスリとした。

階下で女将の声がした。すぐ後に留次のそそっかしい声がかぶさってきた。

六つ半（午後七時）になろうかという頃である。

「だ、旦那、十兵衛の旦那」

「留次、どうした」

「お、おつまがまたいなくなりました」

「おつまが。いつだ」

「七つ半（午後五時）から五つ（午後八時）まで今日は働くことになっていたそうなんですが、店に来てないそうなんで」

「まだ六つ半だ。おつまだって遅刻くらいするだろう」

「旦那、馬鹿言っちゃいけません。おつまは休むのはもちろん遅刻の一回もしたことのない女子だそうです」

「留次は店にいったのか」

「あっしは仕事は早目にきりあげて、おつまを迎えにいってますんで。ところがおつまは今日は、ひるま暇をもらってどこか出かけたらしいんです」

「そんなことがあったのか。おつまはどこに行っていたんだ」

「たぶん暮庵の家ですよ。おつまはあきらめきれねえみたいですから」

「そうか。おつまの件がちっとも見えてこないな。暮庵が殺されてますます闇のなかだ。こうしちゃいられないな」

果てもなく迷宮に迷いこんでいく十兵衛と留次。おつまのことが気がかりで酒も水のようだ。

留次は宵の五つ過ぎに船宿小張をでて、おつまの長屋に行った。

おつまの母親は飯も食わずに、おつまの帰りを待っていたようだが、留次はうまく話して今日はおつまは帰れないけど、心配いらないからと納得させて、腹もくちくなっていたが母親に相伴して、めざしと大根の味噌汁で遅い夕飯をとった。

冷えたご飯にお茶をかけて、さらさらっと腹に流し込むと、あっというまに済んでしまった。

留次が、母親のぶんも後片付けをして、出がらしの茶をいれてふたりでだまって飲んだ。

「おっかさん、今年は花見に行ったかい」

「今年にかぎらず行ってないよ。亭主が死んでから何もかもつまらなくなってしまったよ」

「おとっつぁんはお店ものだったろ。番頭にはなれたのかい」

「その手前で死んだんだよ。くやしかっただろうよ。留次さんとこのおとっつぁんはやっぱり早く亡くなったのかい」

「おっかぁが何もいわなかったから知らんよ」

「いまの人はどうなんだい」

「あいつはおれ以上にだめだ。おっかぁはどこがよくて一緒にいるのかわからねえよ。実の子のおれをおん出してどこの馬の骨かわからねえやつをひっぱりこんでさ」

「亭主が死んでからはおつまには苦労のかけどおしで、あの子ももっと違うとこにもらわれていたら見る夢も違ったろうにさ」

「おつまの本当のふた親はどんな人なんだろう。なんにも知らないのかい」

「死んだ亭主はなにか知っていそうだったけどもう手遅れだよ」

「産着に何か、ふた親を印すものが包まれてなかったのかい」

「赤ん坊をあやすおもちゃだけだったね。どこにでもある」

「……」

おつまの養母は、顔に刻まれた皺に手をやって二、三度上下に撫でた。

「おっかさん、今日はもう針仕事はやめにして休みねえ。明日はおつまも帰ってくるだろうからさ。おれも明日は休むわけにいかねえから帰ることにするよ」

「そうかい、おやすみ。気をつけてな」

「ああ、じゃ」

留次はほど近い一色町の自分の長屋に帰って行った。


翌朝、留次は永代寺門前町の料亭の壁工事に早出した。今日は親方はほかに行っていて富蔵と二人で木舞掻きである。しかし、昨日の今日で仕事に身がはいらない。おつまのことで頭がいっぱいであった。

「おい、留、具合でも悪いのか」

「兄貴、昨日おつまが帰って来ねえんです」

「また行方知れずか」

「そうなんです」

「困ったな。連絡はないのか」

「いっさい」

「医者の家に行ってからおつまの身になにか異変がはじまったんだな」

「おつまも災難ですよ」

「そう言えば、あの巾着切り、あいつなんていったかな」

「木助ですか」

「そうだ、木助。あいつどうしてる。あいつはまだおつまを狙ってるんじゃないか」

「十兵衛旦那にとっちめられましたからね。恨んでますぜ。しつこい奴ですから」

「旗本がいたろ。あいつはどうしてる。どうもおつまはあの連中に狙われたとおれの博打で鍛えた勘がそうささやくんだが」

「博打の勘は余計ですが、もしかしたらあいつらかもしれません」

「おめえも半人前のくせに口はいっぱしだな」

「兄貴、仕事に力がはいりませんね」

「かと言ってどこにかけつけりゃいいんだ」

「……」

「それ見ろ。ここは仕事に精を出そうぜ」

「おつま……」

「なさけない声を出すんじゃねえ。またひょっこり帰ってくるさ」

第五章　殺し屋を訪ねて来た男

一

朝から雷がなって、春の嵐が吹き荒れていた。

時折り横なぐりの雨が、突風にのって飛んでくる。傘など役にたたずあきらめて、大原一蔵は桐油の合羽だけで、道に這いつくばるように歩いていた。

藍染川の流れも足を速め、黒く濁っていた。

根津権現裏から千駄木にでると、まばらに町屋があり、ところどころに見事な形をした松の木が見えた。田畑が黒い地肌をみせて、細い農道沿いには、お茶の木が風除けもかねて植えられていた。

やっと若葉をつけた柿の木の下に、雨に濡れて小さな茅屋《ぼうおく》があった。

入り口の傍らに錆びかけた鋤《すき》が転がっている。

風はいくぶんおさまってきたが、そのぶん雨は強くなっていた。

「ごめん」

一蔵は、雨滴を吸って、滑りの悪い引き戸を開けて言った。

入ると、真っ暗でなにも見えず、こんな日でもはるかに戸外は明るいのだと、一蔵は妙なところで得心する。

「ごめん」

土間の板敷きの奥にひとがいる。板敷きの上がりには、炉がきってあったが、火の気はなかった。

一蔵は土間に仁王立ちになって、奥のひとが動きだすのを待った。

「どなたかな」

しわがれていたが、はりのある声がかえってきた。

「大原一蔵でござる、帯津どの」

「おお、大原一蔵、お主か」

帯津は、臥せっていたのか寝巻きの前をかきあわせて、板の間に出てきた。

ほかに人はいないようだ。

土間近くまできたので、はじめて帯津の姿を一蔵はとらえた。髭も月代ものびてはいたが、顔にもからだにも適度な肉がついていたので一蔵はなぜかほっとした。

「まあ、あがって、そこへ座れ」

「突然、すまんな。どうしてもお主に会いたくてな」

「濡れたろ、これでからだを拭いてくれ」

帯津は、てぬぐいをだしてきて一蔵に渡した。

それから炉端に寄って火をおこし、木っ端を積んで、それから燃えさしの腕ほどもある薪を、火がとおりやすいように並べた。

「よし、しばらくけむいが辛抱してくれ」

それから茶筒をとりだして、

「湯が沸くまですこし待ってくれ。それまで話を聞こう」

と言った。

「それでは。昨日、笹岡郷助に会ったのだ。お主から声をかけられたが、断ったといっていた。どういうことだと笹岡に聞いたが、お主に聞いてくれということで、ここを教えてもらった。詳しいことを聞きにきたのだがかまわなかったか」

「いや、八丁堀の旦那に聞かせたくない話だから遠慮しておく」

「笹岡は、帯津伝十郎は一蔵なら話してくれるからといって、ここを教えてくれたのだ」

「……」

帯津は、湯が沸いたと言って、茶筒から茶葉を手づかみで急須にいれて、お湯を注《つ》ぎ、それから軽く円を描くように、ゆすってから湯飲みに茶を注いだ。

「粗茶だが」

帯津は、湯のみを盆にのせて一蔵にさしだした。

一蔵は受け取って一口ふくんだ。

雨で冷えたからだに、熱いお茶が至福をはこんでくる。

「ふう、生き返るな」

帯津は笑って一蔵を見ていた。手に持った湯のみを掌でひとなで、ふたなでして、

「ふふ、お主にはかなわぬ。笹岡のいうようにお主には話してもいいとは思っていた」

「かたじけない」

「見てのとおりな、ここのところふせっておってな。仕事を引き受けるわけにはいかなくなったのだ。それで依頼主に、笹岡を紹介したのだが、笹岡は怖気付《おじけづ》いたのだろう」

「依頼主にはここで会ったのか」

「そうだが、よく訪ねてきたものだ。誰に聞いてきたかはいわなかったが、わしには大方は察しがついたが触れなかった。しかし、つい一、二か月前なら引き受けたが、いまはこの調子でな」

「めまいでもするのか」

「そんなものもあるが、風邪がぬけぬような具合で咳がよくでる」

「春先の咳は長くかかるぞ」

「まあ、風邪くらいですむならいいが。それで依頼主は笹岡に会ってことわられたのだな。がっ

かりしたろうな」

「どんな依頼だったのか」

一蔵はそう言ったが、帯津伝十郎の仕事は人を斬ることだ。

それで帯津は生きている。

仕事の間があくときは、根津でも吉原でも、知った店が用心棒として雇ってくれる。しかし、近頃は用心棒に飽きたようで、日傭《ひようと》取りに出たりするようだ。

そのせいで帯津の筋肉質の肉体は、張りを失っていないのかもしれなかった。

一蔵はいっとき、帯津と同じ道場で腕を競いあったことがある。その後、帯津は生ぬるい道場剣法を捨てた。

そのころ、笹岡郷助も一緒だった。笹岡は大番組の三百石に婿入りしたがいびりだされて道場破りをしたり、喧嘩出入りの助っ人をしたり、やはり危ない道を生きている。

いまは麹町の道場の食客気取りでいる。

「実はな、お主なら食いつくようなとんでもない話さ」

一蔵の胸がどきんとなった。

「お主、毎日、自身番まわりに飽き飽きしてるだろう。こうしている間も人の生血を吸ってぬくぬくと生き延びている奴を許せないと思っているだろう。

お主の病気だぞ。番所だって犯人をすべて捕まえられるものか。ほかの与力、同心を見てみろ。

お主のように思いつめている奴なんかいないぞ。一代抱えといったって、孫子まで禄をもらってつつがなくやるのが賢明なところだろう。しかし、お主はそれができない。重症だ。が、そこに関してはおれも似たような病気でな。悪い奴をやっつけてくれと、金を持ってくる奴を無下に追い返せなかったことが、たびかさなって今のおれがあるのよ」

「依頼主は金を持ってきてお主に殺人を」

「相当な金は持ってきた。しかし、殺してくれとは言わなかった。それよりも腰を抜かすなよ」

そう言って、帯津は唇を舌でなめて湿らせた。

「お主、市谷の浄瑠璃坂の惨殺事件知っているか」

「浄瑠璃坂といえば浄瑠璃坂の仇討ち」

「それは百二十年前の話だ。惨殺事件は二十年前のことだ」

「えっ、そんな事件が未解決のまま二十年がたったのか」

一蔵は柄にもなく足元が震えた。

「そうだ。番所でも知らないだろう。殺されたのは武家だからな。うまくもみ消されたんだろう。ところがもみ消されちゃならねえ、という御仁があらわれたんだ」

「帯津どの、もっと詳しく話してもらえまいか」

帯津は、炉の火加減をみながら薪をいじっていた。話がとぎれると急に雨の音に家ごとつつまれた。

「夫婦と十歳にも満たないふたりの男児。それと用人と若党がひとり」

「六人も！」

「そうだ」

「となると、その依頼主はなぜこの犯人を特定して、お主に金子まで積んで殺してくれというのだ。犯人の一味か」

「依頼主はそれは明らかにしなかった。しかし、犯人のことは告げたぞ」

「それは誰だ、どこにいる」

「聞いてお主どうする。いまさら番所にしょっぴくわけにはいかないぞ。まして十手を持つ身じゃおれみたいにそいつを斬ることもできまい」

「……」

「進退窮まったろう。おれが元気ならわけもなくやるのだがな」

「ひとりで勝てるのか」

「勝てないだろう。依頼主によると主犯の奴は〝鬼の舌震い〟と呼ばれているらしい。とてつもなく強くて残忍な男らしいのだ」

話している帯津の顔も、鬼のように目が吊り上がる。

「いくら持ってきたのだ」

「やるのか」

「いや」

「五百両だ」

「ご、五百！」

「しかし、金じゃない。その鬼の野郎だ。一合（刀をまじえること）したくなるじゃないか。どうだ、一緒にやるか。梯子《はしご》や刺股《さすまた》を使うだけが捕り物じゃないぜ」

「相手は何人もいるだろう」

「それはいるだろうが、この鬼野郎を退治すればそれで終わりだろう」

「それで鬼はどこにいる」

「いや、おれが断ったからそれはいわなかった。笹岡も断ったから知らないだろう。ところがおれは体の具合が悪いので断ったのだが、それから依頼者はまた来たんだ。その後、体の具合はどうかといってな。あきらめきれなかったのだろう。それでもおれは丁重に断ったのだよ」

「そうか。犯人はまた生きのびたか」

「ところが」

「なんだい」

「ところがだ、その依頼主がまた来るのじゃないかと、鼻を利《き》かしたおれが、知り合いの若い奴を金で雇っていたのだ。

めったにない稼ぎだから、なにかおこぼれがあるのじゃないかなとな。

その若い奴につけさせたのだ。それからが驚いたことになった。依頼者は変な坊主に声をかけられて寺にひっぱりこまれたのだ。

根津や上野のお山の裏手は寺だらけだからな。若い奴もどの寺に連れ込まれたか見失ってうろついていたら、その依頼者がふらついた足取りであらわれた。

夢遊病者のように不忍池のまわりを廻って、下谷広小路へでて、そこで大工とぶつかって転んだのだ。それから自身番に連れて行かれたようなのだ。

どうも記憶を失くしたようだと、若い奴はきいてきた。結局、依頼主はそのままわからずじまいだ」

聞いているうちに、体が氷でも押し付けられたように震えだし、大原一蔵の目が猛禽のようにひかりだした。

「帯津どの、その依頼主の男は、たしか自身番に保護されて、いまは家にもどっていると聞きましたぞ」

「ほんとうか。どこの誰だ」

「堀留町の太物問屋の主です」

「なぜ太物屋がそんなだいそれた事件を知っているんだ」

修羅場をくぐってきた帯津伝十郎も、一瞬襲ってきた動悸を、おさえることができなかった。

二

雨に煙る不忍池を見下ろしながら、坂をくだる大原一蔵の頭のなかは、帯津伝十郎との奇怪な話で渋滞をきたした。

池の畔の若葉をつけた柳にも、目がとまらなかった。

（浄瑠璃坂。一度、鷹匠の家に遊びに行ったことがあったな）

あれはずっと若い頃だ。女を追いかけて、遊びまわっていた頃にあの辺りに行ったのだった。

そこでそんな惨劇が起きていたとは。一蔵は呉服橋御門に向かいながらごくごく若い頃の自分を思いだしていた。

お堀からずっと上って行く、坂道の突き当たりの家が、女の家だった。今はどうしているか。

一蔵は北町奉行所の潜り門を入って、書付けをしていた同僚に高島与力がいるか尋ねた。

「蛇どのは内与力どのと打ち合わせ中だ。四半刻前だからじきもどる」

高島九十九は大酒のみで、うわばみやら正覚坊やらいわれて、近頃では親しい配下の者のあいだでは蛇之助《じゃのすけ》、それも縮められて蛇と綽名されていた。

甍をうつ雨の音を、聞くともなく聞いていた一蔵の耳に、蛇どのの年齢のわりには高い声が聞こえた。

「一蔵、わしに用か」

「は、」

「なんだ」

「実は自身番につれてこられた記憶を失くした男のことで」

「あれか。あれは作之進が片付けたぞ」

「家にもどったときききましたが、記憶は蘇ったのですか」

「その後はわしも作之進も手を引いたので預かり知らぬ」

「じゃ、もとにもどっていないことも考えられますね」

「不幸にしてそういうこともあるな。何かあったのか」

「いえ、ちょっと」

「おまえだから教えるが、南茅場町の弁柄屋に如月十兵衛という用心棒がいる。若狭屋の面倒をみていたから話を聞いてみるといい」

「材木商のですか」

「そうだ。余計なことだが一蔵無茶するなよ」

大原一蔵は、高島に礼を言ってすぐに弁柄屋にむかった。中間の兼八がついてこようとしたので、すぐもどるからついてこなくてよいと言った。いつものことなので兼八もすぐあきらめた。

一蔵が、木の香りが一面に漂う、弁柄屋の店頭で小僧に来意をつげると、店の奥に入って番頭の幸兵衛をつれてきた。

幸兵衛は、如月十兵衛は出かけているが、じきにもどってくるから、奥でお茶でもどうぞと誘った。これだけの大店の番頭になると町方の扱いにもなれている。

一蔵は断って、材木が立てかけられている傍らの端材の山に、腰掛けて待つことにした。

雨はあがって、薄い雲のあいだから陽が射してきていた。

往還を行くひとをぼんやり見ていると、松平家の屋敷の角を曲がって、ふたりの若いおんなと、背の高い着流しの男が、ゆっくりした足取りでこっちへやってくる。

若いおんなのひとりは杖をついていた。

一蔵は立ちあがって、三人を待ち受けるかっこうになった。その距離はどんどん短くなって指呼の間となった。

杖をついた若いおんなは目が見えないようだった。

「如月どのでござるか」

「?」

「北町の大原一蔵と申す」

「横地どののお仲間か」

「高島与力どのに聞いてお訪ね申した」

十兵衛は一蔵を部屋に案内した。奉行所の役人と、話しているところを見られるのは、褒められたことではない。

「ご用件をうけたまろう」

「実は若狭屋の主のことで喫緊のことが出来いたしました」

「若狭屋のことはご存知なのか」

「おおよそは頭にいれてきました」

「それなら話は早い。で、」

「若狭屋が記憶を失くす前の行動がわかりました」

はっとして、十兵衛は目を見開いた。

「ほんとうか。いままでさんざん苦労したがまったくつかめなかったのだ」

「ここだけの話にして欲しいんですが、若狭屋はある男に殺人を依頼しています。問題はその殺す相手ですが、ある惨殺事件の主犯です。若狭屋はこの主犯の男を見つけ出したようなんです。それで殺人依頼を謀ったのですが、若狭屋はあのようになってしまって」

「待てよ。その事件とはなんなのだ」

十兵衛の眉は曇り、大原一蔵を睨め付ける。

「如月どのはご存知だろうか、市谷の浄瑠璃坂で六人殺しの事件があったことを。不明にしてわたしは知りませんでしたが」

「わたしも知らない。それはいつの事件だ」

「二十年前のようです」

「その頃はまだ少年で、江戸にもいなかったから知らなくて当然だな。殺されたのは商人か」

「いやお武家のようです」

「なら詳しいことはわからないな」

「残念ながら。ところで殺人を依頼された者も、病気で若狭屋の依頼を引き受けられなかったようです。結局、主犯の男の身元はわからないままで。もし若狭屋が記憶をとりもどしたらその事件の解決に一歩近づくわけです」

十兵衛は事の思いがけないなりゆきに驚いた。そのとき、はっとした。建造のことを思いだしたのだ。

「大原どの、ひとつつながりがある話を思いだした。若狭屋は吉原のある花魁と馴染みになっていて、その花魁にある男を探しているとつぶやいたらしいのだ。

それで花魁は、若狭屋のために登楼してくる客を検分していて、偶然にも目当ての男を見つけたのだ。

喜びいさんでそのことを告げたが、若狭屋は呆けた様子になり、花魁の話にはのってこなかった。そして紋日を待ったが、いつまでも若狭屋はあらわれなかった。

それはそうだろう。若狭屋は約束の日の前に、記憶を奪われてしまっていたからな」

「その男が主犯の男ですか」

「若狭屋の行動の時期からいってそうだろうな。其奴《そやつ》は左足の薬指が異様に長く、浅草裏あたりで見かけられていたようだ」

「なるほど。若狭屋の話ではその男は〝鬼の舌震い〟という異名をもつ残忍で腕のたつ奴のようです」

「札をつきあわせておぼろげに見えてきたな。若狭屋の過去に、そんなだいそれた事件が隠されていたとは。ただ、若狭屋がそれとどう絡んでいるのか。大原どの、長者町の医者殺しと浅草山之宿のよみうりが殺されたのは同じ者のしわざかな」

「手口がまったく同じだからそうでしょう。いま動いています」

一蔵は話を変えた。

「先刻の目の悪い若いむすめが、評判の鍼医ですか」

「評判かどうか知らないがそうだ。いっしょにいるのが横地どのの妹御で、それがしが用心棒というわけだ」

「如月どのはもとご重職の身とか」

「いや、いろいろとあってな。のんびりともしていられないのだ。命も狙われているしな」

「……」

「大原どのいかがされる。若狭屋とその殺し屋を対面させてみるか」

「それはちょっと」

「殺し屋の正体を明かしたくないのか」

「いや」

「わしは立ち会わないから試してみるのもいいかもしれないぞ。どんなことで若狭屋が記憶をとりもどすかもしれないからな」

「考えてみましょう。それよりも如月どの、浄瑠璃坂の一件、どうお考えになります」

「大原どの、若狭屋の背中の傷はどう思う?」

「傷?」

「知らないのか。与力どのは言わなかったか。若狭屋の背中には致命傷になる刀創があるのだ。その傷からみて二十年前の事件と関係あるのではないだろうか」

「若狭屋はそんなものを背中にしょっているのですか」

大原一蔵は、いずれにしても若狭屋にいちど会わねばならないと思った。

「如月どのはもうこの件から手をひかれるおつもりですか」

「そうだな、若狭屋が立派な倅のもとにもどったことだし、わしのやれることもあとはあまりないさ。ご同輩の役人もさっさと引き上げたことだし、それよりも大原どの……」

「なにか」

「若い娘がひとり消えていなくなったのだ。気にかけておいてくれぬか」

「どんな娘でしょうか」

「いや町娘だが、ちょっとした知り合いでな。探索のついでいいからそんな話がはいってきたら知らせてほしい」

「わかりました。かならず」

十兵衛は、この同心とはもっと腹を割って話さなければならないと感じていたが、どこまで話してよいものやら見当がつきかねた。

突然訪ねてきた大原一蔵をまだつかみきれなかったのだ。ただ、信用はおける人間にみえた。

「大原どの、浄瑠璃坂の一件だが……」

「よいお考えが」

「若狭屋はなぜ南部家の羽織を着ていたと思う」

「さあ」

「この事件はまったく町奉行所が預かり知らぬわけではないと思うぞ」

「それはそうでしょうが、大名家の事件となれば、ますます奉行所には関係ないことになりはすまいか。たぶんそうした吟味などの書付けも残っているとは思えませんが」

「もし大名家の事件ならその家中の目付なりが、乗り出してくるだろう。しかしかれらが単独で、この江戸で起きた大事件を解決できるわけはない。かならず町方に協力を依頼しているはずだ。その辺りを探ったらどうだ」

「しかし二十年前ですから難しいことですな。しかも各大名家も威信がありますから、妙に町方に頼んで事件が公になることは、望まなかったでしょうし」

「そうであろう。しかし、このままこの大事件をほうっておけもしなかっただろう」

「では、南部家でも探索方をつけて事件を追ったと」

「当然だろう」

「しかし、ついに犯人を追い詰められなかった」

「……。いや若狭屋が亡霊のようにたちあらわれたのは、なにかのおぼしめしだ。このままこの件はお蔵入りしてはならないということじゃないか、大原どの」

そう言って、十兵衛は一蔵の目を強い目で見た。

「お蔵入りは許さない、八丁堀の旦那大原一蔵どのの願ってもない事件でござろう」

「しかし……」

一蔵は、おのれが十歳にも満たない頃の事件を、解決することの気のとおくなるような困難さにため息がでた。

「大原どの」

「はっ」

「こんなことを聞いたことがある。気のきいた大名家では、町奉行所に話を聞いてくれる人間をかならず持っているとな」

一蔵はわっと胸を摑まれる思いがした。

一蔵を帰してから、十兵衛は火のない待機部屋で壁に背を凭せかけていた。

店の者が立ち働き動くたびに、それはそれなりの音をたてて、やがてその波はどこかに吸い込まれて、十兵衛の耳にも届かなくなっていく。

挨拶する声や人を呼ぶ声が、待機部屋に聞こえてくると、この頃はあれは誰の声、あのくしゃみは誰のだと、十兵衛にはその主の顔が浮かぶようになっていた。

用心棒暮らしも一年余が経つ。こうしてはいられないと、追い立てられ焦る気持ちになるが、家中の乱れは家政の長年の綻びの結果であるし、それを一気にただそうとして無益な血は流したくない。

家中などというものは、もともと狭い地域に成り立っていて、それぞれが何かしら縁戚につながっているのだ。

徳川家においても規模こそ違え、そう大差はない。敵方に平気で娘を嫁がせたり、相手から息子を養子に迎えたりしている。人はあらゆる方便をつかって、狭い穴になんとか尻を押し込もうとしている。押し込んでしまえば終わりとでも思っているのだろうが、尻になった人間はたまったものじゃない。

十兵衛は、埒もないことを捏ねくりまわしているとき、待てよ、と思った。

(おつまが待っていた男は、若狭屋じゃないのか!)

おつまは暮庵の家で二晩も男を待った。

普通ならそんなことは、男が突然死するとか、隔離されるとか、若狭屋のように記憶を失くして、その約束さえ放棄されるとかだろう。

しかし、それらはそんなに簡単にこの江戸でおこるとは考えられない。松葉屋の藤野花魁も待ちぼうけを食わされた相手は若狭屋だった。

おつまの相手も若狭屋かも知れない。時間的に考えてもそうなのかもしれない。とすれば暮庵の死は、若狭屋と限りなく深くかかわってくる。ならば、暮庵と若狭屋はもともとの知り合いなのだ。しかも暮庵宛の手紙の差出人の〝友〟には古くからの知り合いのにおいがする。

「どんな知り合いだろう」

若狭屋とおつまの接点はなにか。それはおつまが、稲葉守の門前に捨てられたことと関係なしといえない。おつまはどんな星のもとに生まれたのか。

三

乗り合い船は十人ほどをのせて、小名木川を中川に向かってくだっていく。

さきほど猿江橋の船会所を過ぎ、九鬼様の下屋敷の内から川岸の往還を越えて、小名木川の上にまで、枝を伸ばした松が見えてきた。

その先には大島橋が見えている。

大原一蔵と中間の兼八は、大島橋を越えた物揚場で船をおりた。

釜屋利七右衛門の工房の屋根が見える。このあたりで古くから釜を作る職人であるという。その昔は幕府にも献上するほどの物を作っていたようだ。

兼八に握り飯を作らせて、明けの六つには家を出た一蔵は、その握り飯も船のなかで食べてしまって、腹がくちくなったせいで眠くなってきた。

空は薄雲がきれて、春の名残の陽が地上を明るく照らしていた。

「旦那様、ちょっと聞いてまいります」

兼八は、釜屋利七右衛門の看板の見える家を指さして、小走りに走っていった。

一蔵は、橋の袂にある地蔵堂の横の草のうえに腰をおろして、ひとつ大欠伸をした。

「ずいぶん遠くまで来ちまったな。とても八丁堀と同じ江戸とは思えない」

見渡すかぎりの田畑で、ことに小名木川の南は、大小の堀が田畑のあいだを縦横にはしり、ところどころに、大名や旗本の下屋敷がかたまって見えるだけだ。

今日は風もなく陽はうらうらと、川面に反射している。

兼八が小走りでもどってきた。見ると半丁も先に丸髷を結ったほっそりしたおんなが、こっちを見ていた。

「聞いてまいりました。五百堀《いおぼり》だそうです」

「五百堀？」

「簡単な絵図をかいてもらいました」

「羅漢寺の側か」

「一日中いるそうです」

「さっきからこっちを見てるのがあれか」

「はい」

「どういう縁なんだろうな。まだ若いおんなにみえるけど」

一蔵は女遊びも人後におちず、それなりに寝る間も惜しんでがんばった時もあったが、しょせん人ひとりが感得するそれは、かけた金と時間に見合うものではないということだけがわかった。そんなことをしなくても、ほくほくと幸せそうにしてるやつはしている。いったい人間って奴はどうにもこうにも間尺の合わないものだ。

一蔵は老人みたいなことを思って、まだこっちを見ているおんなを、細い目をして見返した。

「ところでなんだそれは」

兼八が持っている打飼《うちがい》（弁当袋）が気になった。

「おくわさんから主人に渡してくれと頼まれました。焼き飯だそうです」

「主人か。そのご主人とやらはもういくつぐらいだろう」

「還暦は過ぎていましょう」

「さっきのおんなはいくつくらいだった」

「さあて、二十二、三歳ですか」

「ふ〜ん、釜屋の親父がよく許したな」

「三上様が釜屋の窮状を救ったことがあるそうですよ」

「おまえがどうしてそんなことを知っている」

「親分や手先がそんな噂を聞いて、仲間に話してるのを聞いただけですが」

三上辰之助は、北町の与力だったが、とっくのむかしに養子に家を継がせて、四十ちょっとで隠居してしまった。

三上は、たっぷり金を握って役所をやめたと、陰口をたたかれていた。

小名木川の岸伝いを行って、五ツ目通りを行ったほうがわかりやすかったが、それだと家の前に立っているおんなの、目の前を通って行かなければならないので、なんとなく避ける気持ちになった。

それで一蔵は釜屋堀を北にすすんだ。この堀は十間川とよばれているくらいでその川幅は十間ほどである。そこから田畑に向かって細い堀がいくつもつらなっていた。

一蔵と兼八は、田のあいだのあぜ道を縫って、羅漢寺の甍をめざして歩いて行った。

このあたりは猿江村で、五ツ目通りを越えたら亀戸村である。

細い堀のところどころに、小さい沼沢が丈の高い草に隠れている。

描いてもらった絵図を見ると、五百堀もそんな沼のような細い堀の瘤みたいなところに見える。

五つ半（午前九時）になる頃だろうか。そよとも風がないので首すじあたりには汗がふきだしてきた。

「あそこに人影がありますよ」

葭のなかに菅笠が見えている。

「あれか」

草のうえに莚をしいて、胡坐をくんでいた。右手に竹竿を持ち、足の下にもう一本足でおさえて、竹竿が堀にのびていた。

両手に黒い手甲をはめていた。莚のかたわらに生餌《いきえ》の入ったたえさ箱がころがっている。

「でますか？」

一蔵は近付いて声をかけた。おとこの釣竿も笠もぴくりとしなかった。

「いい日和で。あっ、ご新造さんからこれを預かってきました」

と言って、一蔵は兼八から受け取った打飼を渡した。と言ってもおとこが手を出さないので、胡坐をかいた脇の莚の上に置いた。

「いい女房どので羨ましいですね」

「……」

「おくわさんといいましたか」

おとこは煙草入れを、腰から取り出して一服つけた。青い空に白い煙が細くたちのぼっていく。笠のなかの顔がすこしのぞいた。日に焼けて、漁師のような顔にみえる。このあたりだと海からの潮風があるのだろう。

「三上さん、探しましたよ。息子どのも音信がないから、親父のことはよく知らないというもんですから」

突然、水際でばしゃっと大きな音がした。びっくりして一蔵と兼八が目をやった。竹製の畚《ふご》に入った獲物が跳ねたのだった。

「へえ、おおきいですね。真鮒《まぶな》ですか」

「へらはやらんからな」

「それで竿を二本も並べて」

「……」

三上辰之助は、はじめて笠に手をやり、顔をあげて一蔵の顔を身じろぎもせず、観察するように見た。

「お手前は」

「申し遅れました。北町の定廻り大原一蔵と申します。これは中間の兼八です」

「こんなところまで何用か」

「じつは人が二人も殺されまして。医者とよみうりなのですが」

「……」

「手口がまったく同じなので犯人は同一の人物であることはまちがいないのですが、まったく手がかりがつかめないので、困じはてているところです。

ところが、事件が起きる前に、ひとりの男が突如下谷広小路に出現しました。それも過去のすべての記憶を失ってです。

追っていくとこの男は、堀留町の太物問屋の主でした。それで元の鞘におさまったのですが、男はまだ記憶をとりもどしていないのです。

なぜ記憶をなくしたのか、その頃の男を調べてみると、男はある殺し屋に殺人の依頼をしていることがわかりました。

男はある事件の主犯の人物を、殺してくれと依頼してきたそうです。しかし、殺し屋は病気を理由に断ったので、事件の犯人はわからないそうです。

ただ、男の依頼に関係した事件というのが、二十年前、市谷の浄瑠璃坂の六人惨殺事件であることがはっきりしたのです。それには大名の南部家が関係しているということです。はっきりいって奉行所が表立って動ける事件じゃありません。

しかし、奉行所の誰かは動いたはずです。それは三上さん、あなたしか考えられないのです」

「誰かに聞いたのか」

「いえ、わたしが調べました。あの当時、南部家が奉行所に誼《よしみ》を通じていたのは、あなたを通してでした。その事件が起きたとき、かれらはあなたに相談したはずです」

三上辰之助は、日に焼けた顔を一蔵に向けた。刻まれた皺は顔中をおおっていたが、のぞいた歯は若い者のように白い歯だった。

「二十年前といえば幽明界のような話だ。どんなひどいこともはずかしめも、みんな水のように流れていってしまった。憶えていることだけでいいというなら、話してもみようかと思うがそれでいいのかい」

「かたじけない」

「そうはいってもどこから話していいものやら。わしが単騎でかけつけたとき屋敷は血の海だったな。あんなに大量の血を見たのははじめてだ。

正気を奪われたな。それは忘れようとしても忘れられない。

奥の座敷に主人、隣の部屋に奥方と嫡子と次男、すこし離れた使用人の部屋に、用人と若党がもう絶命していた。それともう一人死んでいたな。あれは……」

「待ってください。六人ですね、殺されたのは。そのもう一人というのはなんですか」

「いや、そこが記憶があいまいになっているのだ。たしかにわしが見たとき、その若い男も血まみれになって絶命していたんだ。いや、はっきりしないな」

三上は、苦し気に一瞬、眉根を寄せて釣り竿の先の浮木を見つめていた。

「家中では犯人にこころあたりはなかったのですか。あるいは襲われるなんらかの原因があったとか」

「あの頃は、どこの家中にも混乱の種はあったはずだ。財政も逼迫のし通しだし、それを起因としての江戸表と国表との確執、過酷な幕閣からの御用工事の仰せ、度重なる一揆、それでも家中は家格をあげなければならない幻想に絡めとられていたのだ。

われらお目見以下のものにはわからないが、登城する身になると、お城での有職故実にのっとって展開される序列は、国でいばっている殿様にとって、屈辱以外のなにものでもないのだ。畳の目ひとつ違うところに手をつくだけで、鼻が高くなったり、低くなったりしてな。殿様のまわりの人間は、殿様のご機嫌とりのためにも家格をあげようと腐心するのだ。

ここでな、こうして釣り糸を垂れているとな、ガラス箱のようにすっきり世の中のことが見えるのに、あそこにいるともう何も見えなくなっていくのだ」

三上は話すほどに、腹の中から言葉が溢れてくるようだった。

「南部家でもじっさいにそうしたことに直面していたのですか」

「松前あたりにはロシアの船が来て、それは幕府の耳にも当然はいっていただろう。海防はだれにやらせるかという話がすぐ出たのだろうな」

「それを南部家に」

「いやそこまではわしらの知らぬことだが、そういう状況下で事件は起きたということだ」

「殺された一家はどういう立場の人ですか。当然南部家中の方でしょう」

「いや」

「違うのですか」

「元南部家の者だったというのが正鵠をえているかな」

「どういうことですか」

「それはわしにもわからん。ただ、家中にはつながっていたようだ」

一蔵は、若狭屋が南部家の羽織を身に着けて、発見されたことを頭の隅にとどめている。なぜ、若狭屋はそうしたのか。

あの事件を忘れていないことを、誰かにしらしめようと画策したのだろうか。そして、南部家はそんなものは知らないと即座に言ったのは、まるで何かを忌避するように感じられる。そのことは一家が、南部家の者であるようなないようなことと関係するのだろうか。

「犯人の捜索はどのあたりまで」

「家中では表立ってそんなことはできない。公になったら幕閣から何をいわれるかわからない。いろいろ工作していたことも水泡に帰する。もちろん、わしも手下を使って動けるわけもないのだ。決定的な手をうてないままだった」

「奴らはそのあたりまで計算して犯行におよんだというわけですね。奴らの狙いは金ですか」

「それもある」

「どのくらいですか」

「二千両」

「二千両！　なぜそんな大金があったのですか」

「入用があって持ち込まれたのだ」

「じゃ、犯人たちはそれを事前に知っていたと」

「さあ、それは。しかし子供まで含めて六人も殺すのだから、金目的だけじゃないだろう」

「恨みとか」

「それはわからない。人の命を虫をひねりつぶすようにして奪う人間の情動はなんなのか。あれからそればかりが喉に痞《つか》えてな。ある日、それを考えつづけるには真鮒釣りがいちばんだと気づいた」

「ひきに合わせなくてもすみますし、ただ見るともなく浮木を見ていればいいですからね。それにしてももう二十年近くたつのですから答えはでたのではないですか」

一蔵の無体な問いにも三上の反応は薄く、急に老爺の顔になった。

「さきほど話が中途になりましたが、もう一人殺されていたというのはどんな人です」

「さすがのわしも動転していたから、記憶に間違いがあるかも知れないが、若いおとこだった。あとで調べたら出入りのお店者だったようだ」

「お店者？」

「そうだ。それは間違いない」

「倒れていたときの様子はどうでした」

「うつ伏せになっていて顔がはっきり見えなかったが、背中をばっさりだ。わしがゆすぶってみたときも、ぴくりともしなかったのでこれは、と思ったのだ。それでお手前が六人殺しといわれたとき、はて、と思ったわけだ」

「若いおとこは背中を斬られていたのですね」

一蔵は、お店者で背中を斬られたということから、間違いなくそのおとこは若狭屋分左衛門だと断定した。これで若狭屋と事件のつながりがやっとわかった。ここまで足を運んできたことが無駄にならなかった。

「あっ、ひいてますよ」

兼八が竿の先を指さした。三上が足元に敷いた竿を、悠揚せまらず上げた糸には四、五寸ほどの真鮒が、陽をはねかえして空中で踊っていた。

真菰の若葉のかげから、葭雀《よしきり》がきぃと鳴いて飛び立った。


「それを取ってくれぬか」

三上辰之助は、兼八にかたわらの小枝へあごをしゃくった。小枝にはみごとに磨きこまれたちょうどいい大きさの瓢《ひさご》がぶらさがっていた。

三上はおくわが用意した打飼をひろげた。大葉につつまれた、焼きおにぎりが四つと沢庵がでてきた。

「あいにく猪口はひとつしかない。大原どの、お手前からひとついきなさい」

三上は言って、猪口を一蔵にわたして瓢から酒をついだ。こぽこぽとかわいらしい音をたてた。

「これはおもいがけない馳走。では遠慮なく」

ふぅ、うまいですなぁと一蔵は感に堪えぬというように首をふる。

三上は兼八にもついで、最後に自分も同じ猪口で飲んだ。

焼きおにぎりもひとつずつ配った。醤油のこげた味が美味だった。

「沢庵もどうかな。おくわが手作りじゃ」

「これはどうも」

兼八、遠慮なく手をのばして、ばりばり音をだして食べる。さらに酒もおかわりした。

「大原どの犯人にたどりつけそうかな」

「かならず」

「仲間は何人かいるようだがおもだったたのは一人か二人だ」

「若狭屋のいう主犯の男は〝鬼の舌震い〟の異名をもつ、豪剣の使い手といわれてます」

「そいつはいまごろ何を楽しみに生きているのだろうかの」

「いまごろ怯えていますよ。ついに獄門にくだるときがきたのです」

「そうだな、わしのようにのんびりと、糸を垂れているわけにもいかないだろうとの察しはつくが」

「三上どの、お世話つかまつりました。お会いしてよかったです。わたしの老後もかくありたいと思いますが、はて。ひとつ最後に、若い娘がこのあたりに拘引されたような話はききませんか」

「……。町の住人からはみえにくいが、この辺でも旗本屋敷のあやしいのがいくつかある」

三上辰之助はそんな屋敷を教えてくれた。

一蔵は手筈をそろえて洗ってみなければならないと思ったが、武家の領域にどこまで迫れるか自信がなかった。

日が暮れるまでここにいるという三上に別れを告げて、一蔵と兼八は小名木川の船着場に向かって田の中の道を歩き出した。

日は南中して、陽射しは強くなっていた。釜屋利七右衛門の家の前を通って、おくわに会っていこうと一蔵は兼八に言った。

家のそとから訪いをいれると、ほっそりして色白で、目の輪郭がくっきりした若いおんながでてきた。きれいなおんなだった。

「ご新造さん、弁当はたしかにおわたしいたしました。お相伴にあずかりました。おいしい焼きおにぎりでした。ごちそうさまでした」

兼八の言葉に、ほほえみをかえしておくわは、

「遠いところをお勤めお疲れでございました」

と言った。

「三上どのにはいまは誰も訪ねる人はいませんか」

「はい。毎日、釣竿をかついで一日中出ています。少々の雨でも合羽を着て行きます。そういえば、前にいちどだけ訪ねて見えたお方がありました」

「それは……いつ頃のことですか」

「さあ、一年くらい前でしょうか」

「どんな人でしたか」

「おんなの方です」

「おんな！」

「はい。ちょっと歳のいった、すこし顔いろがよくないような人でした」

「用件はなんだったのかは三上さんは話していませんね」

「はい、主人はいっさい」

嘘をつかないきれいな若い娘を上さんにして、三上辰之助はきょうも野良にでて太公望。人の営みのわからなさより、二十年前の事件のほうが、よっぽど答えが見えそうだぞと一蔵はおのれを励まして、おくわの家を後にした。

今日のように陽が強いと、笠と手甲は手放せないと三上辰之助は思う。それでも毎日のことだから、すっかり日に焼けて、ますます農夫や漁師と変わらなくなってくる。

突然あらわれた客が帰ってしまうと、釣りなどして静寂な境地を求めているといっているくせに、妙にやるせない気持ちにおそわれた。

「それにしても二十年前のあの事件が掘り返されるとは……」

もうとっくに忘れてしまったことだ。あのとき、留守居の蔭山と目付の佐島によばれた。犯人をあげるよりも、あの事実を隠蔽することが急務だった。

事件をなかったことにするのが彼らの求める解であった。

おりおりに巨額の付け届けを、受け取っている身としては否応はない。その金は役所で分けて、配っていたわけで、決してわしだけが余計に懐にいれたわけではない。

しかし、やめてからは金を持って、不浄役人から逃げ出したのだと、陰口を言う奴が多かった。

だが今となってはそれも気にならない。

事実と違うことを、あれこれ揶揄されてももう気にかかることはない。

ここには昇進も転封もお役差し止めもない。

客人に瓢の酒をふるまったから、どうもいつもと勝手が違って飲みたりない。ときどきだが釣り人目当てに、町屋のほうから酒屋の小僧が注文を取りにきたりする。

三上辰之助はからだをねじって、深川上大島町の方へ続く白い細道に目をやった。

第六章　地獄への道

一

浅草御蔵の北に、大川に沿って南北が百八間ほどの、諏訪町があった。御蔵前通りを挟んで、西側にも諏訪町はあったが、ここも含めてこのあたりは浅草寺の領地である。

御城の奥医師の屋敷の裏手にそれよりもいくぶん広い四百坪ほどの会席料理屋が、月のない夜に、淡い灯を店先の小路に投げていた。

「そんな小便臭い女をつれてきて、どう始末するんだ。悪ふざけもたいがいにしないと寝首をかかれることになるぞ」

からだの大きい男の黄色い目がひかった。

「慰みになるだろう」

白羽織が応酬したが、男は歯牙にもかけなかった。

「この女は一膳めしやで働いているが、もとは巾着切りだあね。四度や五度はひとの財布に手をかけているから、とっくの昔に遠島処分。まあ、奉行所に手間をかけちゃ申し訳ないからそれがしがお仕置き仕るというご高配ですよ」

「やることがないからといって、つまらんことはやめるんだな。そんな弱い立場のおんなは早く親元に返してきな」

「それじゃせっかくの獲物がだいなしだ。鬼の旦那、実はこのおんなの後ろにはすごい用心棒がついているのは知っているかい。そしてその後ろには誰がいるか」

「誰が？」

「南茅場町の弁柄屋ですよ」

「弁柄屋といやあ大層な材木問屋じゃないか。江戸に火事があるたびに、肥え太るというやつだな」

「結構な金をもってるのじゃないかな」

「それはおまえに関係なかろう」

「いや、鬼の旦那も金が入用かと思って言ってみただけさ」

「それよりも貸した金を早く返す算段でもしたらどうだ。とっくに百両は超えてるぞ」

鬼とよばれた黄色い目をした男は、通り名を田原市左衛門《たはらいちざえもん》といったが、実名は仁反野源蔵《にたんのげんぞう》といった。

白羽織は五百石の旗本の三男で来栖亥三郎《くるすいさぶろう》という。

亥三郎は金貸し仁反野源蔵に頭があがらず、源蔵の歓心をかってはその都度小遣い銭にありついていた。今日も来栖亥三郎は、相変わらずの手元不如意で、いやがる源蔵のもとへおしかけてきていた。

「すこし返すくらいの殊勝な気持ちにならないともう一銭も貸さないからそのつもりでいろよ」

「その、なんだ、変な噂を小耳に挟んだものだから」

「……」

「山之宿で殺されたよみうりは犯人の目星を残していたようだ。相当なやまを嗅ぎつけたみたいだが」

「……」

「鬼の旦那、どうして黙っているんだい」

「玄斎だ」

「あの坊主ですか」

「何度言ってもきかぬ」

「あいつならやりかねない……」

そこへじゃらじゃらと数珠のこすれる音がして、袈裟を着た裸足の五尺九寸くらいの坊主が、立ったまま障子を開けて入ってきた。

「おれのことか。地獄耳だからみな聞こえるぞ」

「鬼の旦那とまだ話がすんでないのだ。邪魔するな」

「ふん。また金の無心だろ。今日の獲物はなんだ」

と言って玄斎は隣の部屋の襖をあけた。

「女か」

玄斎は興味なさそうに襖を閉めようとして、途中でやめ、

「待て、この女、医者の家にいた女だ」

と声を放った。

「そいつぁ、巾着切りですよ」

「名は何という」

「おつまですよ。貧乏長屋におふくろさんとふたり暮らしだ」

「それがどうしてここにいる」

「暇つぶしにどうかと思って鬼の旦那の」

「小娘には用はなかろう」

「さっきも旦那に言ったが、その女はそこらの小娘じゃない。強いやつ、金を持っているやつとおおいにつながっているのだ」

「ほんとうか」

「ほら、興味が湧いたろう。どうせ殺すならもっと歯ごたえのあるやつをやったらどうだ。医者

やらよみうりやら、金にもならねえんじゃないか」

「何もできないおまえの言うことはそれだけか」

いいざま玄斎は、右手の手指を鷹の嘴《くちばし》のようにすぼめて、転瞬のうちに来栖亥三郎の左胸に突き刺した。

来栖亥三郎は、あっと声をあげて二間ほども後方に飛んで、畳のうえにたたきつけられた。

「あっはっはぁ、今日は機嫌がいいほうだからそんなものですんだ」

玄斎は、来栖亥三郎を見下ろしながら言った。

「おい、それくらいにしておけ。この店もこれから客が集まってくるころだ」

この店「夏目家」は仁反野源蔵の店だ。もちろん、女に任せているがときどきは見回りかたがた利用している。仁反野源蔵は金貸しから店貸し、株のやりとり、米相場にまで手をだして、それで足りずに賭場の陰の支配者として君臨していた。その素顔はなかなかみえてこない。

訳知り顔の人間が源蔵を異名〝鬼の舌震い〟と言ってから、源蔵はうちうちで〝鬼〟とか〝鬼の旦那〟とよばれていた。

源蔵と玄斎とは、善悪ひっくるめていろいろやっているうちに、いつとはなしにくっつくようになった。

だから、源蔵は玄斎がどう生きてきたのか詳しくは知らなかったが、妖術まがいなことを見せられたり、人業とは思えない驚異的な持続力に圧倒された。

また玄斎の持つあるまじき残忍さに、警戒心が湧いてくるのは、鬼の源蔵もひと一倍に金を握ったからだろうか。

そう思って源蔵は自分自身を腹で笑った。しかし、いい加減で玄斎の人殺しをとめなくては身の破滅につながると源蔵は真剣に思っていた。

「玄斎、人を殺めるのはしばらく控えろ。町方がうるさく聞きまわっているぞ」

「ふん、捕まえられるものか。げんに鬼殿、お主の大仕事はとっくの昔にお蔵入りじゃないか。よみうりはうるさいのでおれがやったまでだ。少しは感謝したらどうだ」

「馬鹿野郎！　いい迷惑だ。誰が殺せと言った。あんなうるさい子蠅が群がったところでもうわかりゃしないんだ。誰がどう探ってみたところで知ってるやつはいないんだ」

「そうは思えないがな。おまえさん、ときどき怖い顔をなさるぜ。これだけ金を握りゃ、もっと恵比寿さまみたいな顔をしなきゃいけないんじゃないか。それができなさそうなのは脛《すね》のでかい傷が、我知らずうずくからじゃないのか。いや、いい、おれは亥三郎みたいに金をせびったりしないからな」

「いや、金ならやる。その代わりやたらに人を殺すんじゃねえ」

源蔵が睨みをきかせると、玄斎もいったんは矛をおさめた。そして、亥三郎にむかって、

「女をつれて帰れ。始末に困るならおれが岡場所にでも売り飛ばすぞ」

と矛先を変えた。

「いやせっかくさらってきたんだ。そんな安女郎屋なんかには売らねえ。弁柄屋に買って貰おうじゃないか。三百やそこらはだすだろう。あんたにはいいおもちゃができるぜ、玄斎。あそこの用心棒は滅法強いぞ。それに糞坊主のあんたみたいのが、何より嫌いときているやつだ。あんたがくたばるには恰好の相手だ」

来栖亥三郎は、隣の部屋に行き、後ろ手に縛られているおつまのそばに寄り、その青白い顔をさっと撫でた。おつまは身をよじって、肩を大きくふるわせた。

源蔵はそれをちらと見てなにかを思い出すふうだった。

吉原の茶屋はその多くは仲の町通りに並んでいたが、揚屋町の裏通りには何軒もの裏茶屋があった。

吉原では楼主や店の若い者が、抱えの遊女と情を通じることを禁じていたし、芸者が表立って客とそうすることも許されなかった。

しかし、その一線を越えてしまうと、密通の場所が必要となってくるが、それを提供したのが裏茶屋というわけだ。

源蔵は来栖亥三郎にすこし金をやり、玄斎には釘をさしておいてから金を渡して、夏目家を出てきた。

路地の入り口に掛け行灯が出ている。そこを入っていくと杜若《かきつばた》という裏茶屋があった。入り口の半暖簾を上げて石伝いに玄関に行くと、大きな根府川石の沓脱ぎがある。隣の家との境には建仁寺垣が仕切ってあり、全体にしゃれた作りになっていた。

源蔵は暗い路地を入って、裏口のほうから茶屋の主の間に腰を落ち着けて、やおら頭巾を外した。

「大丈夫かい。このあたりをうろうろして」

杜若の主人は、吉原の水にもまれた四十がらみのお永といった。

「吉原も久しぶりだ。飢饉で飢え苦しんでいるものが大勢いるのに、ここは相変わらずだな」

源蔵はお永の手から煙管を奪って、ひとくち吸った。

「過去のことはすっかり忘れたのに、ここのところ何やらざわざわ騒々しい。お前さんも胸騒ぎがしないかい」

源蔵は昔からお永には強くでられないふしがあった。それも若いころに惚れた弱みかもしれなかった。お永は若いころからぞっとするようないい女だったが、ただならず妬心が強かった。

最初は源蔵も、そんなお永をかわいい女と見ていたが、あの夜から世界が一転したのだった。

「何を考えているんだい」

お永はちょっと不安があると、相手の胸の中が透けるまで、問いたださずにはいられない。

源蔵はそれを知っているので、いい加減な返事はできない。

「ここのところ胸騒ぎのせいか寝覚めがよくない」

「眠れないのかい。鬼のあんたらしくもないね」

「眠れない夜はこれまで何日もあったが、いつの間にかそんなことも忘れていたんだが最近すっかり眠りが浅くなった」

「歳のせいもあるだろうさ」

「そうさな。おまえさんも眠れないことがあるだろう」

「あまりないね」

「嘘だろう」

「嘘なもんか。枕に頭をのせて横になったら、おきつねさんがこーん、こーんと二度頭んなかで鳴くのさ。それからさきはすっかり前後不覚で、朝まで起きやしないよ」

「ふ〜ん」

源蔵は気分が滅入った。しょせんこの女とは性根が違いすぎる。

「ところで今日はなんだい。まさか眠れないから眠れるまで抱いててくれと、言うんじゃないだろうね」

お永は、ほっほっほと口をすぼめるようにして笑った。

「からかうのもいい加減にしろ。白河夜船でいると、おまえの首もあぶないぞ。いいか、よく聞け。玄斎はこのままほうっておくと、こっちの命取りになる。ああ、平気で人を殺しちゃばれないわけがない。そのまえにお前のほうでなんとか考えてくれ」

「あんたがやったらどうだい、まだ腕もにぶっちゃいないだろう、鬼の旦那」

「おれと玄斎が真っ向からやったらお互い手傷を負うだろう。あまりいい結果にはならない」

「あたしだってそう簡単にあいつはやれないよ」

「ま、考えてくれ。そう時間はないぞ」

源蔵は厄介事を無理やりお永に押し付けた。もとをただせば玄斎はお永がつれてきたのだ。

「ところでお前、南茅場町の弁柄屋を知ってるか」

「知っているよ。あそこの娘が鍼医で一度はかかりたいという人が大勢さ。娘は目が見えないらしいよ。それで用心棒がついているという噂さ」

「その用心棒がえらく強いというのはほんとうか」

「そう聞いたよ。阿部川町の道場でその稽古を見たひとは肝をつぶしたらしいよ」

源蔵の黄色い目が虎のように光を発して、口から低い唸り声がもれた。

「そりゃおもしろい。一度見てみたいな」

「よしたほうがいいよ。あんたも鬼と恐れられたまま、世間からそっと消えたほうが利口だよ。金もしっかり貯めこんだんだからいまさら吐きだすこともないだろうさ」

「いや、強いやつなら顔くらいは見てみたいものなんだ。やるやらないは別の問題だ」

「そうはいっても、あんたも昔ほどの豪胆さも、腕っぷしもどこかに置き忘れてきたんじゃないかい」

お永は源蔵の痛いところをついてくる。いやな女だ。そのお永に惚れたのがもう二十年も前の話だ。

二人が深い仲になってから、源蔵の世界は一変した。お永にとってもそうであるに違いないのだが、いまのお永からは微塵もその兆候はうかがえない。太い女だ。

そういうことを思いながらのここ二十年でもあった。切ればいいものを突き離せなかったのも、同じ穴の狢で別れられなかったのだ。

「あの世まで持っていく傷だ」

源蔵はそう思っていたが、急に風向きが変わってきた。

(あいつがあらわれやがった。墓場の蓋《おお》いをあけて出てきやがった)

若狭屋分左衛門が突然、浅草寺裏にいた仁反野源蔵の前に顔をあらわしたのだ。

一瞬、源蔵は亡霊を見たと思った。

「お、おまえ、生きていたのか」

それだけ言うのがやっとだった。分左衛門は、青い顔をして、源蔵の黄色い目をした巨軀をうっすらと見ていた。

「やっと探しあてたぞ」

「刀は捨てたのじゃないのか」

「刀は捨てた」

「ならどうする。殺し屋でも雇うか」

「殺し屋は見つけた」

「そのへんの殺し屋なら役にたたたんぞ」

「殺し屋はやめた。おれがお前を斬る」

「刀もなくてどうおれを斬るというのだ。むかしのようなわけにはいかんぞ」

「……」

分左衛門は肉の薄いからだを、壁に凭せ掛けて、源蔵のほうに歩みかけた。手には何もない。

その時……、
いつの間にか玄斎があらわれ、口の中で何事か唱えだして、二人の間に割って入ってきた。

玄斎のからだからは、香を焚きこめたような不思議な匂いがたちのぼり、三人を包んだ。そしてやおら玄斎は、その太い腕を分左衛門の首に巻きつけた。分左衛門のからだはすこし宙に浮きあがり、がくんと首が前に折れた。その瞬間、分左衛門の体は人形のように意志を失った。

人の気配がして、源蔵と玄斎は分左衛門を投げ捨てて、その場から遁走した。

分左衛門が息を吹き返したのは寺の庫裏であった。住職のはからいで、休ませてもらっていたようである。寺の境内で倒れていたのを小僧が見つけたようだ。

「気がつかれましたか」

分左衛門は、うつけたような表情で住職を見ていた。

「すこし吐かれたようですな。羽織のあたりが汚れておりましたから、着替えなすったらよろしい。失礼ながらその包みに、着替えがあるように見受けられましたのでな」

「……」

分左衛門は、住職に十分な礼も尽くさず、庫裏から外へ出ていった。

寺のほうでもこれ以上面倒みることを嫌ったようだ。

二

如月十兵衛は、堀留町の若狭屋分左衛門を訪ねた。

倅の直太郎が店先まで迎えに出て来た。

「お父上は元気ですかな」

「はい、元気にしております」

「それは重畳《ちょうじょう》」

「どうぞ、奥におります」

直太郎は、先にたって十兵衛を分左衛門の部屋に案内した。

「おとっつぁん、十兵衛さまがお見えです」

部屋の外の廊下から直太郎が声をかけた。ごそごそっと衣擦れの音がした。

分左衛門は横になっていたようだ。

「若狭屋さん、おくつろぎのところ不躾に再訪しご寛恕くだされ」

「いいえ、如月様何をおっしゃいます。ご遠慮はご無用です」

「恐れ入ります。その後、いかがですか」

「どうも店のことは、久兵衛と息子にまかせっきりなので、手持ち無沙汰でたまりません。といってわたしにできることも何もないのが悲しいです」

「まだ、昔のことははっきり思いだしませんか」

「はい。もどかしいものです」

「若狭屋さん、おつまという若い娘のことは憶えておりませんか」

「おつまさん」

「一膳めしやで働いている娘です」

「……」

「その娘と、神田長者町の河野暮庵という医師の家で、会う約束をしていませんでしたか」

「……」

分左衛門は眉間に細い皺を刻み、一心に何かをさぐるような苦しい表情を見せた。

「いまその娘の行方がわからなくなっているのです。そう、その長者町の医師ですが何者かに殺されましたよ」

十兵衛のその言葉に、わずかに分左衛門は反応を示した。

「殺された……」

「胸をひと突きでした」

「ひどいですね」

「若狭屋さんはその暮庵医師とは古くからの知り合いなのではないですか」

「わたしがですか」

「そうです。娘と待ち合わせる場所に医師の家を指定するのは、よほど信用していないとそうそう簡単にできるものじゃありません」

「そうでしょうね。しかし、いまのところいっこうに頭がうまくめぐりません」

これまでは十兵衛は、分左衛門に対して十分な時間を与えることで、彼の記憶がゆるやかにとりもどされることを期待していた。

しかし、ここにきてそれほどの猶予はなくなってきていた。

一刻でも早く分左衛門の記憶が、いまこの現実に平仄《ひょうそく》をあわせてもらわなければならなくなってきていた。

おつまの命と一生がかかっている。そして、まだ白日のもとになっていない凶悪な事件が隠されているのだ。

「若狭屋さん、根津権現裏に住む、帯津伝十郎という男を御存知ですか」

「知らないですね」

分左衛門は眉ひとつ動かさず言った。

「帯津がいうには、若狭屋さん、あなたがある男を殺してくれと、帯津に依頼したそうです。謝金は五百両ということまで言ったそうです」

「五百両、それはまた大金ですね」

分左衛門は他人事のようにさらりと言った。

「松葉屋の藤野という花魁は知っていますか」

「松葉屋……」

「吉原です。遊女のいるところです。若狭屋さんはその藤野にもある男を捜していることを告げていますよ。藤野は馴染みのあなたのために、ついにあなたが捜している男を見つけ知らせたのです。ところがあなたは呆然とし、ついには記憶を失って、藤野のまえに姿を見せなくなってしまった」

「……」

深い霧の向こうに見える影を、もどかしく確かめてそうな分左衛門だったが、もどかしい気持ちは十兵衛もいっしょだった。

何かを思いだそうとすることは、存外に体力をつかうもののようで、分左衛門はぐったりした様子で、急に口が重くなってしまった。

店に出ていた直太郎が十兵衛たちのいる部屋にもどってきて、

「十兵衛さまにお客様です」

と怪訝そうな面持ちで取り次いだ。

「おお、きたか。直太郎さん、すまないがこちらまで案内してください」

直太郎はいったんさがって、すぐにもどってきた。

「常太郎さん、入ってくれ。厄介かけたな」

「いえ、とんでまいりました」

そう言って暮庵の弟子の常太郎は、額の汗をぬぐった。十兵衛は直太郎に簡単に事情を説明した。直太郎は目をみはって心配気に分左衛門をみた。

「常太郎さん、どうだい。この若狭屋さんを暮庵先生の家で見かけたことはなかったかい」

「はい。一度見ています。たしかに暮庵先生を訪ねてみえました」

「そのときの様子はどんなふうだったのか」

「言葉すくなく時間をすごされて帰られました。ほとんどお話にならなかったのじゃないかとおもわれるほどでした。ですから何をお話になられたのかは思いだせません」

「いずれにしてもこれでおつまが待っていたのは若狭屋分左衛門どのであることは間違いないな。そして、分左衛門どのと暮庵医師は、旧知の間柄であったということだ」

若狭屋分左衛門は疲れた様子でしきりに冷めたお茶を口にはこんでいた。

常太郎があわただしく引きあげてから、十兵衛は帰りがけに直太郎に声をかけた。

「おかみさんはその後、様子はよろしいか」

「はい、なんとかおちついていますので安心しています」

「お店のほうはご繁盛なのだろう」

「おかげさまで」

「それはなによりですな。ところで、直太郎さんは紀州屋治左衛門のお店というのは知っていましたか」

「ええ、打ち壊しにあって、そのままお店はおやめになってしまいましたね。結構おおきな身上でしたが、不思議なことでした」

「そうですか、ご存知だったのですね。その紀州屋さんの取引先を、分左衛門さんが引き継がれたというのはほんとうですか」

「はい。それで若狭屋はなんとか暖簾を守っていっています」

「その紀州屋さんと若狭屋さんは、どんな関係でその大事なお得意を受け継いだのですか」

「父は紀州屋の息子です。養子でしたが」

「えっ」

十兵衛は、と胸を衝かれた。部屋は静寂のままにひっそりしていた。

「紀州屋さんはもともとは聖商人の流れをくむ商いをしていました。ひところはずいぶん手広くやっていたようですが、伊勢や近江から江戸店を出して、新しい商売を手がける呉服屋が、幅をきかせてきましたので、多くの行商人中心のお店は、衰退していったのです。それでも紀州屋さんはいい顧客をもっていたので、表店を構えながら、一方では伝統的な行商販売を続けていたのです。

長年のお得意さまにはかえって喜ばれたようです。まだまだお武家のあいだでは財政窮迫といっても、安いものに群がり集まることを好まないかたがたが、大勢いらっしゃいましたから」

直太郎は、店の成り立ちを淡々と十兵衛に語った。

「分左衛門さんはどうして紀州屋の養子に」

「はい。その辺のことはわたしも両親から詳しく聞いていないのです。ただ、紀州屋さんでは父以外にも養子にした人が何人かいると聞いています。

紀州屋さんは、その養子さんたちに伝統的な聖商人の行商を、小さい頃から叩き込んでいったようです」

「小さい頃……。というと十や十一の頃ということかな」

「わたしが小さい頃、父はよくおまえの歳のころにはお腹ばかりがすいて、それでも手のあかぎれが治るひまもないほど、家の水仕事をさせられたり、商売のいろはを教えられたりしたといっていました」

「ということは分左衛門さんには実の親がいるということだね」

「そうでしょうね」

「直太郎さんはお父上の背中を見たことがありますか」

「……」

「いや、急に不躾なことを申した。気分を害されたら許してくだされ」

十兵衛は性急に話を進めたことを素直に謝った。

「いいえ、わたしもそれがあるからこそ、今日まで一日たりとも、とんだりはしゃいだりして生きてこられなかったのです。

いつかはそのことがわたしに、いいえ、我が家に災厄をもたらすのではないかと思って、いつも気分が高揚するときに蓋をしてくるのです」

礼儀ただしく明るくふるまっている直太郎が、苦痛に歪んだ顔をみせて十兵衛にとりすがる目を向けた。それをまともにうけた十兵衛もおもわず胸をわしづかみにされるようだった。

「お父上は何もいわなかったのですね」

「わたしも恐ろしくてきけませんでしたから。うちには贅沢といわれても内風呂があります。小さいころは嬉しい反面不思議でした。でも父のあの傷をみれば湯やには行けませんものね」

直太郎は微笑した。直太郎の商売のほうの才覚は、十兵衛にはわからないが、まっすぐに育った好青年に見えた。

「なにかお父上のことでわかったら教えてくだされ。一日も早くもとの分左衛門どのになるとよいがと思う」

「わかりました。父もひょいと元にもどるような気がします」

「そんな調子で気長に待ちましょう」

十兵衛は、直太郎に強い視線を送ってお互いを励ました。


十兵衛は堀留町から江戸橋を越えて弁柄屋にむかった。

今日は徒歩鍼行はなく、桃春は家で治療の日になっていた。ここのところ休みの日も急患があって桃春は働き詰めだった。

若いからつとまるが十兵衛はもちろんのこと、弁柄屋茂左衛門夫婦もはらはらしながら娘のことをみていた。しかし、生真面目でけっこう頑固なところがある桃春は、かんたんにまわりの意見に耳を傾ける様子はなかった。

お絹は母親として早く娘にもいい人があらわれないかと最近は気をもむようになった。目が不自由な娘には結婚は無理かなと思った時期もあったが、今は生き生きとしている娘を見ていると、いい人を見つけてあげたいという気持ちのほうが強くなった。

それはそう簡単に進まないだろうけれど、気持ちに張りがでてきて、お絹自身も元気になるようだった。

これも如月十兵衛に無理を言って、娘を守ってもらっているおかげだと、茂左衛門ともどもお絹は思っていた。

十兵衛が来て以来、さき（桃春）は安心しきっていい顔をしている。仕事にも意欲的に取り組んで、いまは母親のお絹にも泣き言のひとつも言わない。それはお絹にとって寂しい反面、娘の成長を確認できる喜びが数倍まさった。

十兵衛が弁柄屋の店先に立つと、番頭の幸助が待ちかねていたように声をかけてきた。

「十兵衛さま留次さんが小張屋でお待ちしているそうです」

十兵衛はそのまま弁柄屋をあとにして、行徳河岸の船宿小張屋に向かった。

ものの四半刻で小張屋についた十兵衛は、女将のおかつに挨拶もそこそこに二階に上がっていった。


「どうした。おつまが見つかったのか」

「はい、いつぞや両国橋で会った旗本野郎がひっさらって行ったんでさあ。明日、暁の七つ半に、浅草今戸町の出っ尻まで来いということです」

「怪しいところだな。そんな早くから呼び出すなんてのは、何か仕掛けでもあるのか」

「白羽織の野郎は何を考えているかわかりません。十兵衛の旦那気をつけなくちゃいけません」

「わかっている。連中もまともなことは考えていないだろうからな。それで留次はどうするつもりだ」

「もちろんお供させていただきます」

「よし、二人でいこう。明日は早い出立になるな。女将に握り飯でも頼んでおこうか。きょうはここへ泊まっていけばいい。それにしても白羽織は懲りないやつだな」

「二本差してますが、腕はたいしたことありません。ただ、悪賢いやつですから油断はできませんよ」

十兵衛はしばらく宙をにらんで考えていた。

「ちょっと飲むか」

十兵衛は階下におりていった。

まだ外は明るく小張屋の行灯にも灯ははいっていなかった。

留次はいったん長屋にもどってから出直してこようとも思ったが、なぜか十兵衛から一時でも離れているのが不安だった。

おつまにふりかかる災難を思うと、一人でじっとしていることができない。

富蔵に巾着切りを止められてからは、おつまも自分も慣れない仕事について、頼りない足取りでここまでなんとかやってきた。

それをなんだって苦労知らずの旗本野郎が、邪魔立てするのか留次は歯軋りする思いだった。

「今日はすこし冷えるから湯豆腐にしたぞ」

「ありがとうございます」

「なに、他人行儀だな」

「いえ、おつまがいなくなってからどうにも弱気になっちまって」

「連中はおまえのそんな顔をみるのがたまらなく嬉しいのだろうな。だからおまえからおつまを取り上げて、楽しんでいるんだ。悪い趣味をもっている連中はどこにもいるものだな」

「だって旦那、おれは小さい頃からずっとおつまといたから、おつまがいないと毎日なにか忘れ物をしてるみたいで落ちつかないんですよ」

「それは留次、おまえはおつまに惚れているということじゃないか」

「そんなことじゃないですよ、旦那。おつまを幸せにしてあげたいなって気持ちですよ。おれがおつまを幸せにできれば一番いいんですが、それが無理なら、ほかの誰かがおつまを幸せにしてくれたら、それでもおれは満足なんです」

「留次、それが惚れているということじゃないか」

「そうじゃないですよ、旦那」

そう言っているうちに、留次は我知らず目頭があつくなってきた。

そこへおかつが、湯豆腐の用意をして階段を上がってきた。

「女将、すまんな。そら、留次、飲んでおつまの無事をふたりで祈ろう」

十兵衛は声を励ましてそう言った。

深酒をつつしみこの日は早めに床についた。

三

まだ夜が明けないうちから、十兵衛と留次は床を離れ、身支度にかかった。

おかつがつくってくれた握り飯と、竹筒に茶をいれて、持っていくことにした。

十兵衛は、いつもの着流しからたっつけ袴を身につけた。足拵えも雪駄から草鞋に替えている。

留次は股引に草鞋を履いて尻端折りであった。

小船町から今戸まで一里半。急いで半刻あまりだ。船という手もあったが十兵衛は徒歩でいくことにした。からだも練れてそのほうがよいだろう。そう判断した。

柳橋で神田川を越え、そのままお蔵前通りを、金龍山浅草寺に向かって行くと広小路にでる。東に行くと大川橋だが、丑寅の方角に道をとっていく。

聖天社の下あたりが瓦町である。早朝から瓦を焼く煙がたちのぼり、松葉の燃える臭いがあたりに流れていた。

山谷堀にかかる長さ十間ほどの今戸橋を渡る。そこから大川端に出たところが出っ尻である。

十兵衛は四方に鋭く眼光を放ち、四肢に力を行き渡らせた。

岸に柳がゆれている。川面からたちのぼった朝靄が人気ない路上に流れ込んできた。餌をあさって黒い犬が、表店の路地を裏長屋のごみ捨て場のほうに消えていった。

「旦那」

留次が堅い声をだした。

「誰も……いませんね」

「……」

「旦那」

「静かに。聞こえぬか」

「何か」

「大川のほうだ」

ぴちゃぴちゃと、櫓か何かで水面を敲くような音がする。

十兵衛と留次は走った。

薄靄のなかに舟影が浮かんだ。それも二艘。

「木助！」

留次が叫んだ。

「留次、よくきたな」

「おつまはどこだ」

「心配するな。ここにいるぞ」

おつまは、船底に莚をかぶせられて、縛られたまま横たわっていた。その舟には木助と白羽織が乗っていて、櫓をこぐ船頭がひとり頰被りをして櫓の腕を手にしていた。

もう一艘の船は、屋根船を改造したような船で、屋根が取り払われ、障子をたてる敷居などもなかった。

その舳先《へさき》のほうに坊主姿の大きな男が座っていた。艫《とも》のほうには編み笠をかぶった男が、棹を持った船頭と、くっつくような位置で座っていた。

まだ陽は上がらず、船の周りは薄闇に埋め尽くされていた。

「弁柄屋の用心棒！　いつぞやは恥をかかせてくれたな。今度はたっぷりそのお返しをしてくれるぞ。用心棒はそっちの船に乗れ。そこにいるくそ恐ろしい坊主がお前の相手だ」

「おい、穀つぶし旗本野郎、お前に勝手なまねはさせないぞ」

留次は精一杯の憎しみを込めて来栖亥三郎に吠える。

「うるさい。お前はこっちにきて縛られて、仲良くおつまのそばで寝てるんだな。それがいやならそこに猪牙があるから、勝手にひとりで乗るんだ」

「くそっ、どうします旦那」

「いうとおりにしよう。おれはその坊主とやらと、大川の波に揺られてみようじゃないか。お前は猪牙であとをつけてこい」

「そんなぁ、猪牙なんかこいだことありませんよ。みるからにひっくり返りそうですよ」

「泣き言をいうな」

十兵衛は、岸から軽く跳躍して船にとび乗った。

改造した屋根船は大きく右に左に揺れた。

坊主は体勢を崩すことなく、十兵衛の動きをじっとみていた。

十兵衛と坊主の距離は三間ばかり。この距離になっても相手の顔がうっすらと見えるだけであった。

坊主に気をとられていると、どうにも船頭とひっついている、笠をかぶった男が気になる。それで十兵衛は坊主に正対できず、おのずとおもに坊主に向けての半身とならざるを得ない。

ただ、編み笠の男からは、それほどの殺気はたちのぼってこない。しかし、だからこそかえって不気味であった。

なんのためにこの男はいるのか。気にすまいという気持ちの動きが、十兵衛に目にみえない負荷を強いてくる。

「名前を聞いておこう」

「玄斎」

「如月十兵衛。編み笠のご仁は」

「手出しはしない。心配無用だ」

「……」

「小娘を餌に貴公を呼び出したことは詫びねばなるまい。しかし、そのおんなと縁をもったことを呪うんだな」

「……」

「この船が向こう岸に着くまでに貴公の命をもらう。たかだか八十間（百四十四メートル）ほどの距離だ。それで決着をみなかったらおんなはつれて帰れ」

玄斎はやおら立ち上がり、低い唸り声を発して、何事か唱え、首から下げた大きな数珠をならした。左手に長刀を握り鞘を払った。

「！」

払暁のわずかなひかりに刀身が光った。

「直刀！」

十兵衛の目がぎらっと光った。

「お主か！　医者殺しは」

「……」

「かわら版屋もやったな」

「ちと面倒になったものでな」

十兵衛も鯉口を切って、音もなく鞘を払った。

身体は玄斎に向けたまま、刀身は編み笠の男を牽制するかのように、切っ先は編み笠の男に向いている。

玄斎から見ると隙だらけの構えにどうしてもなってしまう。

（うまいことを考えたな。これなら最初から二人相手のほうがやりやすい。一人と半人前とは考えたものだ。手出しはしないといっても、それならなんのためにいるのか。

半人前は虚像がふくらんで、三人前にも四人前にも思われてくる。無視しようとすればするほど、微妙に意識にからみついてくる。弱ったぞ）

十兵衛は、船底の板を草鞋の足でつかみながら、体勢をおとしていった。

編み笠の男からは、いっさいの殺気が消えた。

と同時に玄斎からも殺気が消えて、代わりに奇妙な匂いが、薄れ始めた朝靄のなかに漂よいだした。

「しゃー」

歯の間から玄斎の声が放たれた。

玄斎は、直刀を水平に目の前に掲げた。それで十兵衛からは玄斎の目の動きが読めなくなった。

十兵衛が立ち会ったことのない剣術だ。玄斎の腰の位置はまったく動かず、そのままはじめて間合いをつめてきた。すべるような動きで船上の斬り合いと思えない。それでも波のうねりが微妙に二人の平衡を崩そうとする。

編み笠は、まったく動かずしわぶきひとつしない。

船頭だけがゆっくりと棹をあやつっている。

玄斎はわずかずつ間合いを詰めてくる。それに対して十兵衛は、腰をおとしたまま同じ体勢で呼吸を整えていた。

そのとき、玄斎の体が左に傾いだ。同時に船も大きく揺れて、十兵衛のからだが浮いた。

「やあっ」

玄斎が、刀身を光らせて十兵衛の目の前で横に薙いだ。

あっという間に間合いを縮めていて、目の先三寸をかすめて風が舞った。

それでも十兵衛は腰を引かなかった。腰を引いていたら、矢継ぎ早に左胸を突かれていたろう。

「ふふ、さすがに弁柄屋が雇った用心棒だけあるな。弁柄屋は、そこらの町道場の用心棒願いを、断り続けたおとこだからな。ふふ、楽しみだ。向こう岸まであと四十間、行くぞ！」

玄斎は、一転してその膂力《りょりょく》にものをいわせて、太い腕に握った剣を、十兵衛に敲きこんできた。

十兵衛は、まともに刀身で受けないようにして、玄斎の力を殺いでいったが、腰の決まった玄斎のからだは、不安定な船上でも乱れることはなかった。

突きと薙ぎが、繰り返されて両者はいつの間にか、位置が入れ替わっていた。このほうが十兵衛にはやりやすかった。

敵の二人がすっかり視界に入ったのだ。しかし、そうとばかりは言えなかった。

玄斎はまったく疲れをみせず、受身にまわる十兵衛のほうが消耗が激しかった。

背中を汗が伝って流れた。柄を握る手がこわばってくる。

「！」

編み笠の男の顔はまったく見えない。

わずかに顎の先と下唇がみえるだけだ。

その下唇が動いて白い歯がのぞいた。それは瞬時のことだった。

それを合図にして、玄斎は直刀を十兵衛の胸にめがけて、驚くべき早さで突き刺した。十兵衛は玄斎の速さを越えて、身体を開き、玄斎の太い腕を斬り上げた。

体勢を崩した玄斎は、そのまま大川に落ちていった。

そのとき十兵衛の背中に痛みがはしった。あやうく十兵衛も大川に転落するところだった。船頭が長い棹で十兵衛をうしろから突いたのだ。いまはその手に刀がにぎられていた。

船頭が、十兵衛にうちかかってきた時、

「ぎゃあっ」

川に落ちたのは船頭だった。

編み笠の男がいつの間にか立っていた。刀は鞘に納まったままで鞘から抜かれたようにはみえなかった。

「刀背《みね》打ちだ」

十兵衛は、編み笠の男を見たが、やはり顔は隠れていて見えなかった。ただ、玄斎のように大きな男だった。

声は太く低く修羅場をくぐってきたような声質に思えた。

波の揺れもあるものの、男のからだはいくらか左に傾いでいるように見えた。

「棹は使えるか。わしを岸につけておろしてくれ。あっちの船はまかせた」

「……」

編み笠の男は、最後まで顔を見せず岸に降り立ち、明るみ始めた本所の町のほうに消えていった。

おつまを乗せた船は、まだ大川の真ん中にいた。その近くにふらふらして、いまにも転覆しそうな猪牙が、なんとか態勢をたもちながらくっついていた。

十兵衛は岸から引き返して、留次をまず猪牙から移らせた。そしてうろうろ行き先が定まらなそうな白羽織の船に船体を寄せた。

「留次、棹を取れ」

十兵衛は船を飛び移った。

「おい、近寄るな。おつまを刺すぜ」

木助のわめくのもかまわず、十兵衛はおつまに近寄った。

「おつま大丈夫か。ひどい目にあったな。こんどこそ心配はいらないぞ。安心しろよ。留次も向こうの船にいるからな」

ふいに木助が匕首を握って突いてきた。十兵衛は手刀をくれ、木助の右腕を折った。

「これで巾着切りもおしまいだ木助」

十兵衛は白羽織をねめつけた。

「お前さんは死ななきゃならないな。懲りないお人だ。そんなに人が苦しみ辛い思いするのをみて、面白がるなんてのはあまりいい趣味じゃないぞ。その白羽織もな」

薄笑いを浮かべつづけていた来栖亥三郎も、かっとなって刀を抜いた。

「そうこなくっちゃ、お旗本ならな。いくぞ下郎っ」

十兵衛の気合のこもった太刀が、来栖亥三郎の白羽織を縦横に斬り裂き、刀背にかえした太刀を左肩からななめに斬りさげた。

来栖亥三郎の白い袷は、みるみる朱に染まり、動転した亥三郎は発狂したように船から大川に転がり落ちていった。

「おおーい、留次、こっちへ来い」

留次は危なっかしく操船して、おつまの船に飛び移ってきた。

「おつまぁ」

留次は夢中でおつまを掻き抱き、大声でしゃくりあげた。いつのまにかおつまも声を出して泣き出した。

「寒かっただろうな、おつま。おれがうっかりしてたばかりに、こんなとんちきにさらわれちまってすまなかった、許してくれよ」

留次は一生懸命におつまの背中をさすっていた。それから、このとんちき野郎が！　と木助を殴りだした。

「留次、もうやめとけ。木助もあの旗本がいなけりゃ、ここまで悪さをするやつじゃないだろう。船頭さん、あっちの船もつないで岸まで寄せてくれ。そうだ、本所のほうに寄せてくれ」

朝靄もすっかり消えて陽がさしてきた。もうすぐ明け六つの鐘がなる頃だろう。

せっかく小張屋のおかつが用意してくれた握り飯を食う暇がなかった。

四

仁反野源蔵は、編み笠をかぶったまま、吉原揚屋町の裏茶屋杜若にやってきた。九つ前で茶屋はしどけなく昼のやわらかい陽射しにまどろんでいた。

「早くからどうしたのさ」

お永は長煙管をふかして、源蔵に目もあわせずに言った。

「おめえ、玄斎に手をくださなかったな」

「やぶから棒にどうしたんだい」

「玄斎は死んだぞ」

「おや、よかったじゃないか。おまえさんも本望じゃないか」

「手間ひまかけやがって。今朝はこっちが危ないところだったぞ」

「いよいよおまえさんも年貢のおさめどきってとこかい。玄斎に手をくださなかったと、おまえさんは言うけれどそれはお門ちがいだよ。玄斎はその弁柄屋の用心棒にやられたのだろう。そう仕向けたのはわたしだよ。

おんなを岡場所に売るの、弁柄屋から金をむしろうだのと世迷言《よまいごと》を言うから、用心棒をやっつけてからにしたらといったのさ。

どんなに金を手にしたって、いずれ用心棒と勝負しなきゃならないだろうってね。玄斎は強いものには挑みかかる本性があるからさ、すぐ動いたんだ。

それで斬られりゃ、見事に成仏したってことさ。その弁柄屋のはそんなに強いのかい」

お永の黒目が光沢を増した。

「玄斎もよく考えて斬り合う場所を大川に浮かべた船の上にしたのだ。やつは何度もそんなことをやっているから馴れたものだが、弁柄屋の用心棒、こいつは如月十兵衛と名乗ったが、その用心棒は初めての船上での立会いだと思うが、みじろぎもなく腰を決め、玄斎の幻惑と鋭い膂力をみごとにはねかえした。

勝負はただの一点、玄斎が愛刀を十兵衛の胸に、瞬速に突きこんだそのときだけ、十兵衛は鋭く動いたんだ。

十兵衛は、そのとき玄斎に二の矢はないとみて動いた。もし玄斎にもっと余裕があったら十兵衛を刺し貫いていたろう」

「とんだ男と縁ができちゃったね」

「亥三郎があんなおんなをつれてくるからだ。まさかあんなおんなに十兵衛みたいな男がくっついているとは、これだから世間をみくびっちゃいけねえということだな」

と源蔵は言ったが、落ち着いてみると妙なことが気になった。

「そういえば、十兵衛は、玄斎にお主が医者とかわら版屋を殺したな、と言ったな……」

「十兵衛はそんなことも知っているのかい。それはまずいね」

「そうだ。いま思い返してみるととんでもないぜ」

「おまえさん、その医者の家にその小娘がいたと言ってなかったかい」

「玄斎がそう言ったんだ」

「むすめと医者には何かつながりがあるんだ。それで十兵衛とやらもつらなってきて……」

「かわら版屋はどうだ」

「そうさねえ。十兵衛は十手持ちともつながっているのじゃないかい」

「なおさら厄介だ。ここのところ町方が動いているようだ。定廻りの大原一蔵という奴だ」

「大原……。調べたのかい」

「こいつも半端じゃないぞ。番所でも変わり者でとおっている。お蔵入りの事件をいじるのが飯より好きときてる。ふざけたやろうだ」

「へえ、おもしろそうだね」

「ばか言うな。こっちもいつまでも栄耀栄華をうつつもりもないが、死に出の旅にはまだ早いんだ」

「あんたが亥三郎みたいな奴に、あまい顔をするからだよ」

「あいつがあれほど馬鹿と思わなかった。もうお武家はおしまいだぜ」

「それで亥三郎はどうしたんだい」

「十兵衛に着物をめちゃ斬りにされて、最後は肩から胸にひと太刀だ。しかも刀背にかえされてな。それで大川にどぼんだ」

「ふ〜ん、ますます十兵衛すごいじゃないか。もう、おまえさんでも勝てないね」

「おれは十兵衛とやる気はないよ」

「むこうが押しかけてくるよ。それにしても十兵衛って奴はなんでそこまでお節介をやくんだろうね。弁柄屋だけの用心棒をしてりゃいいじゃないか。結構なお手当てがあるんだろう」

「お永、そこじゃないか。おめえの持っている縄じゃ、とても縛りきれねえ人間がこの世にゃごまんといるってことさ。あいにくおれはおめえの持っている縄で簡単に縛られちまったがな。それも若かった時分だからなおさらさ」

「泣き言かい。鬼がそれじゃお笑い草になるよ。それにしても十兵衛ってのはどんな奴だい」

「陸奥の八溝の重職を捨てて江戸にきたらしい」

「へえ、重職？」

「中老の家だ」

「へえ、じゃ一族一統大変な数じゃないか。それをみんなうっちゃって江戸にきたのかい。そりゃぁ、相当な変わり者だ。八丁堀の大原一蔵に弁柄屋の如月十兵衛、これじゃ二天一流の宮本武蔵でも歯がたたないよ。あんた今から逃げる算段をしておいたほうがいいよ」

「そうだろう。だからおれは十兵衛とはやらないと言ってるじゃないか」

「だけど口惜しいね」

お永は本気でそう思った。

「でもなんだって玄斎は医者を殺したんだい。かわら版屋はわかるさ。紀州屋の一件だろう。だけどあんなものはお上も問題にしちゃいないよ。お咎めなどだれにもなかったしさ。いまさらよみうりにお前がやったと言われても、あっちこっちで打ち壊しにあっててどさくさにまぎれてやっちまった、こっちのほうが頭がいちまい上だよ。そうどんと構えていりゃいいものを玄斎は殺しちまって」

「玄斎はひとを殺めることが喜びなんだ。それが奴の本性なんだ」

「医者はどうしてやったんだい」

「それはおれもわからん。ただ、おれを探っている男がいると下っ端のものが聞き込んできてな、玄斎に調べろとは言ったんだ。その関係でその医者が殺されたと思ったんだが、ちょっとまずいと思ってこれ以上殺しはやめろと言ってたところだ。おめえにもそう頼んだろう」

「あんたを探している男ってだれだい」

「……」

「あんたなにか隠してないかい」

「いや、まさかと思ってな」

「なんだい」

「あのとき確かにおれは断った。おまえが一人も生かしちゃいけないと言ったからな」

「まだそんなことを言っているのかい。あのときはお互い納得ずくでいけるところまでいったんじゃないか。いいも悪いもないのさ」

お永は本気でいまもそう思っていたが、胸の内はいつも穏やかでないのは一番自分自身がわかっていた。が、それでも源蔵の弱気な述懐を耳にすると、つい男を嗾《けしか》けてしまう自分の性根をどうにもできなかった。

「友吉はおれをずっと守って助けてくれた友だちだったんだ。まさかあの日、あいつがあそこにいたとは……。いまでもそれだけは寝覚めが悪い」

「仕方ないじゃないか。こっちも生きるか死ぬかの覚悟だったからさ。それであんたを探している男があいつだというのかい」

「それしか考えられない。しかし、あいつが生きているとは信じられない」

「その後、何かあったのかい」

「不思議なことにここのところ、ぱったりそんな動きがなくなってしまったんだ。かえって気味が悪いぜ」

「もう二十年前の話さ。誰も調べにゃこないし、捕り手が放たれたともきかないしさ、あっという間に二十年もたったのさ」

「ところが、変わり者の八丁堀があらわれたというのはいったいどういう符牒だい」

「知らないよ。だけどそういうことがあってもおかしかないよ。これまで何もなかったのが不思議なくらいさ」

　昼時の吉原は、さんざめきからは程遠く、鳥の声もなくおだやかな陽が苔むした石の上にも降り注いでいた。

「たまにゃ、仏さまに手をあわせたりするかい」

「商売繁盛にお賽銭は投げるけど、仏さまには水ひとつあげないよ」

「ばちあたりだな。おれは歳のせいか、仏さまに手をあわせることが多くなったよ」

「あんたもおしまいだね。鬼に涙も仏もあるもんか」

終章　過去との訣別《わかれ》

一

小日向の石切橋の先に東古川町があった。一帯には古着屋や古道具屋が多くあって御家人相手の商売にはもってこいだった。そんな店の脇道を入ったところに小さい二階家があった。

「こんちわぁ、ごめんなすって」

玄関脇には鉢がたくさん並べてあって、それぞれが若葉をつけていた。

奥から若いむすめが出てきて、

「どなた?」

と快活な声。

「吉原の松葉屋の建造と申します。仙右衛門さんはこちらで」

「あら、おじいちゃんです」

「お孫さんですか」

「はい、けいです」
十四、五歳くらいの丸顔のむすめが答えた。
「ちょっと仙右衛門さんにお尋ねしたいことがあってきました。とりついでいただけますか」

「はい」

むすめは明るく答えて、おじいちゃんと言いながら奥に消えた。まもなくもどってきて、

「どうぞ。脇からまわってください」

と言った。

建造が小さい家をまわりこんでいくと、家に見合った小さい庭があった。その庭に面してよく拭きこまれた縁側で、仙右衛門は冊子を手にして、碁石をうつ手真似をしていた。

「ごめんなさい。おくつろぎのところ突然お邪魔いたしました。吉原の松葉屋の建造と申します。紀州屋にいらっしゃった耕之助さんからうかがって訪ねてまいりました」

「ほう、耕之助。達者でおられるか」

「はい、お元気そうでした」

「ところで遠くからなにか大事な御用ですか」

「はい、仙右衛門さまに昔のことを、お聞きしようとまいった次第です」

「いつの頃かな。わしももう六十二じゃ。ふりかえればみんな昔といってもいいくらいじゃ」

仙右衛門は年齢を言ったが、見た目はもっと若いくらいしっかりして見えた。

「じつは紀州屋さんのことで」

「ああ、長いことお世話になってよくご奉公しました」

仙右衛門は、紀州屋では大番頭の次の番頭格でやめていたようだ。

「紀州屋さんは八年前の打ち壊しにあってお店を閉じられたのですね」

「そうだね。大旦那さまがやめようとおっしゃったのでね。大旦那さまがそういう以上だれも反対はできませんでしたな」

「ご商売のほうはうまくいっていたのですか」

「とくに左前になったということはなかったですな。それなのでやめるとなったら一部のもののあいだには不満があったようだが、それも大旦那さんの手厚い退職のお手当てでしぼんでいったようだ」

「紀州屋の大旦那さんはもう亡くなったのですね」

「店をやめてから二年後でしたな。一年と間をおかずおかみさんも亡くなりました」

「跡継ぎの方はいなかったのですか」

「あそこは代々養子をとって店を繁栄させてきたんです」

「実子のかたはいなかったのですか」

「いるにはいたんですが、みんな医者になったり、学者になったり、絵師になったりで、なかには株を買って侍になった人もおるようですが、ようあとを継ぐ人がいなかったんです」

「どうしてですか。それだけの身上なら跡継ぎには困らないのではないですか」

「ごもっともです。紀州屋も跡継ぎには困っていなかったのです。ただ、実子が跡を継がなかったというだけで」

「わかりませんね」

「いや、紀州屋の成り立ちがそうしてるのでしょうね」

「成り立ち?」

「紀州屋はもともとは元禄以前から高野聖から端をはっした聖商人です。行商を中心にした呉服商だったわけです。

とくに店舗はもたなかったので、行く先々の木賃宿に泊まったり、金をけちって農家の納屋に泊めてもらったり、ひどいときは橋の下に寝たりしてたわけです。

そうしてお得意さんをふやしたり、お得意さんに可愛がったりしてもらって、商売してたわけです。商人や旗本のお屋敷をまわったりしたんです。

重い荷物を背負って、暑い日も寒い日も風の日も雪の日もです。こんなきつい仕事はいつのまにか紀州屋の子供達は、敬遠するようになっていきましたな。

そら、当然だっしゃろ。商売がうまくいっても苦労は並大抵じゃない。お店のほうでも息子たちに、そんなきついことはようさせられんちゅうことになっていきましたわな」

「それで養子さんを」

「まあ、そうだがそうそう簡単にいい子がいるわけじゃなかったから大変だった。その子たちにしたところで十四、十五で紀州のお店から江戸まででて働くのはよほど大変だったろ。それでもかれらは帰る家がないから、歯を食いしばって行商の荷をかついで、江戸の町をまわって歩いたのだ」

建造も聞いていてため息がでた。

「だれでもかでも養子にしたのですか」

「あはは、そんなわけはあるまい。その親御さんとの関係や雇ってみて才覚がありそうな子だったら養子にしたようだ。養子になれば彼らも一所懸命になって働く。これは間違いない。お店は自分たちのものになるわけだからな」

「どのくらいのご養子さんがおられたのですか」

「代々養子のかたが、家は継ぎましたからな、わしの知らないその昔からかぞえたら三十人くらいにはなるのかの」

「仙右衛門さんは、堀留町の若狭屋さんをご存知ですか」

「ああ、知っているよ。分左衛門さんが結局、紀州屋を継いだことになりますな」

「紀州屋さんのお得意さまもそのままそっくりですか」

「そうだね」

「若狭屋さんもご養子さんですか」

「そう」

「じゃ、紀州屋さんがおやめになるときは、養子さんたちには財産分けは当然されたわけですね」

建造は取り調べの如く、聞きたいことの矢を継いでいく。

「そうだが、やめることに不平があるものをなだめるために、かなりの金額を奉公人につかったので、ご養子さんたちには十分な財産は行き渡らなかったのじゃないかと、わしは当時思ったけどね。わしら奉公人はありがたかったけどね」

「そのやめる段階では紀州屋さんのご養子さんは何人でしたか」

「さあ、人別にはいっていたのは何人かな。わしも長く奉公して彼らをみてきたが養子ではいって行商に出て苦労をしたものは七、八人だったかな。途中で家をでてしまったものや病気になったものもいたからね」

「では、打ちこわしの時にお店に残っていたのは若狭屋さんだけですか」

「いや」

「えっ、ほかにだれかいたんですか」

「いや、だれもおらんかった」

「だれもいない。若狭屋さんも」

「わしの記憶ではたしかだれもおらんかったように思う」

「若狭屋さんはどうしたんですか」

「う〜ん、弱ったの。いなかったことはたしかと思うのだが」

「いなかったのはどのくらいの間でした」

「そうさな、半年か一年かというところかの」

「それまでは若狭屋さんは一所懸命紀州屋さんで働いていたのですね」

「そうじゃな。あれは先々で可愛がられるおとこだったからな。え〜待ってくださいよ、なにぶん古いことだからたしか友吉は一度、長いこと休んだことがあったな。あれはなんだったのか」

「若狭屋さんは友吉さんというんですか」

「そうだ」

「休まれたのは病気ですか」

「うん、そんなことをいっていたような気はするが、いかんなやはりすこし惚けてきよる。おけいお茶をおくれ」

孫むすめがお茶をもってきてくれた。お茶うけにらっきょうがついてきた。

「お孫さんとおふたりですか」

「はやり病で二親を亡くしてな。近くの鰻やで働いているんだ」

「いい娘さんですね」

「あんたは一人かい。吉原はいいおなご衆が多かろう。日に千両もおちるなんてのは夢の世界じゃね」

「いまはそんなことはありませんよ。そうそう、若狭屋さんはうちの花魁の馴染みだったのですよ。それでわたしがこんなことを聞きまわることになったのです」

「友吉が花魁の馴染みに……。そりゃ出世じゃな。わしなどは番頭になったときに、大旦那につれられて、引き手茶屋にあがって、花魁に会ったのがただの一度の極楽だった。大旦那にしても、花魁の馴染みになるほど吉原にはいってなかったな。とにかくしわいお人だったからな。若狭屋さんはそんなことができるお人になったわけですな」

「その若狭屋さんですが、三月の仕舞日に登楼できなかったんです」

「それは花魁がかわいそうだ」

「若狭屋さんはその後見つかったのですが、記憶を失くしていたんです」

「ほんとうか。すべて忘れたのか」

仙右衛門の表情がくもった。

「名前もなにもかもです。いろんな人が骨折ってやっと家におちつくことができましたが、まだはっきりと思いだせないそうです」

「驚いたな。そんなことがあるのか」

「こころあたりはありますか」

「昔から気になっていたのだが、友吉はもうひとりの鉄次郎という子と一緒に紀州屋にきたんじゃ、たしか。

それで気になっていたのは、つれてきたのは誰だったのかなというのが、長い間わしのもやもやっとした疑問だったのじゃ。

というのも友も鉄もなみの餓鬼じゃなかったんだ。あるとき、それは江戸に行商に発つ日だったのだが、お店から五人で荷物を背に負って出たんじゃ。あのころ、ほかの店でも同じ恰好をしてやはり江戸に向かう同業のものがあったのだ。

普段は協力することが多かったわけだが、そこは商売で、いいお客をこっちにひきこまなくてはいけないから小さないざこざはあったわけで、それもつもると爆発するわけでな、それがそのときであったのかもしれないが。

あっちは八人、こっちは五人。五人といっても友も鉄もまだ十三歳でそれを十五といってもう江戸に出ていたんだ。

二人ともからだは大きく十三歳とはとても見えなかった。

大喧嘩がはじまったんだ。みんな杖を持っているから、それが刀がわりでな。あっという間に五人が八人をやっつけてしまったんだ。

それも紀州屋のほうは友と鉄の二人で八人を相手にしたようだ。その場にいたものがわしにそう語ったよ」

記憶をたどるのは、老人にとって大仕事だ。仙右衛門も古い過去の記憶を吐き出して、肩で息をついだ。

「へえ、驚きましたね」

「そうだろう。友も鉄も紀州屋に来る前にそんなことを身につけていたんだ。それでだれが友と鉄をつれてきたのかなとずっと思っていたんじゃ。うっすらとその姿は思いだせそうなんだが、もとよりその素性については知らないがな」

「紀州屋の大旦那かその先代の知り合いでしょうか」

「う〜ん、そこはいまとなってはよくわからない」

「友というのは若狭屋さんというのはわかりましたが、もうひとりの鉄次郎さんはどうしました」

「鉄も十年ほどはがんばったが、いつのまにか店をやめていたな。養子さんでもそういう人間は何人もいたから驚かなかったがな。むしろ、あの厳しい環境ではやめる人間のほうがまともかもしれないがな」

「友吉さんが病気で休んでいたころは、まだ鉄次郎さんは紀州屋さんにいたんでしょうか」

「さあ、はっきりしないな。たぶんその前後にはやめてしまったようだな」

「いまどうしてますかね」

「さあ……」

「……」

さきほどまで狭い庭を照らしていた日が、雲におおわれてすこし暗くなった。と同時に寒さがおちてきて建造はぶるっと肩をふるわせた。

「仙右衛門さんは碁敵がいるのですか」

「ふふっ、いないんじゃ。下手のよこ好きでな。おたくは」

「花魁にてほどきをうけています」

「おや、うらやましいですな」

「仕事ですよ。それよりお孫さんを仕込むといいですよ。きっといい碁敵になりますよ」

「ほほ、それはいい。楽しみができた」

「長っ尻になってしまいました。ご隠居、ありがとうざんした」

「昔を思い出すのはくたびれるな。しかし、良かった。また遊びにきてくれ」

「おそれいります」

建造は一揖《いちゆう》してまた家の脇を通って表へでた。

「おれのできることはここまでだな」

建造はやりなれないことをやって、芯まで疲れたが、すこし花魁の役にたてた気がして気持ちは晴れやかだった。

二

炎暑に炙《あぶ》られた白い道が、どこまでもまっすぐに続いていた。秋田街道から東に入った細道ですれ違う人もいない。

はるか先を六十六部（廻国巡礼者）が六部笠をつけて歩いて行く。鹿角《かづの》への道に出ていくのか。人馬が通る往還を避けるように道をとっていた。

さきほどお城を囲む北の要所夕顔瀬惣門を六部は出てきた。一緒にいたもう一人の六部は、四ツ家惣門の方から奥州道へ向かって行った。そのすぐあとを尾行するように一人の男がやはり四ツ家惣門をでて行った。

じりじりと陽は頭上から照り付けてくる。どこまでも白く乾いた道はつづき、前を行く六部の背の厨子が蜃気楼のように見える。

一面水田におおわれた一帯に小さな社がみえてきた。

行きかう人は誰もいない。

とつぜん六部の動きが緩慢になってきた。暑さのせいか。距離がせばまり、お互いの顔が見えるところまできたとき、

「水を一杯所望できますか」

と六部は言った。

「死に水なら」

「！」

空中に張った一本の綱のような道で、両者は間合いを取って飛び退《しさ》った。

同時に六部は、背負っていた厨子を投げ捨て、杖に隠した長刀をさっと抜いた。

「何者！」

「お手前を江戸に帰すわけにはいかない」

六部は守りの態勢をとり、微塵もゆるみのない構えをとった。

そのままの姿勢で時間はながれ、強い陽射しが二人の体力を奪っていく。汗が吹きだし、肩がこわばり、両手が震えてくる。

六部には仕掛けてくる気はまったくなかった。男は六部の剣先を払って上段から打っていった。

六部はうまくかわしたが、道の脇を流れている小さな堀に足をとられた。堀は生い茂る夏草に隠されて一部見えなくなっていた。

「しまった」

「成仏せよ」

六部の鼠木綿《ねずみもめん》の着物に、みるみる血がひろがっていった。

小体《こてい》な料理屋の池畔の傍らにある離れ家――。

お卯野《うの》の喘《あえ》ぎが耳朶をうち、襦袢からこぼれた真っ白な胸乳《むなち》が、若いおとこの春情をかきたてていく。

お卯野は細い腕を若いおとこの首にまきつけて、苦し気な表情をみせながら身をよじる。おとこは制止のきかぬ馬のようにどこまでも相手の歓喜を追っていき、やがてお卯野の胸に顔をうずめた。

「旦那さまにみつかったらどうするつもり」

「……」

「今、大事な御用中だから重ねて斬ったりはしないと思うけれど、お仕置きはまぬかれますまい」

お卯野は覚悟めいたことを言って、若いおとこの濃い眉の下の目を見上げた。

三人の子をなしたお卯野の肌は、まだ吸いつくように若く、尽きせぬ炎情は日ごろのつつましやかな、武家の妻女の紐帯《ちゅうたい》を焼き切るように燃えさかった。

御用繁多の夫は、南部家御用人所藩主御側役の北重四郎《きたじゅうしろう》という。

ある日、若いおとこは北重四郎の部屋によばれた。

主の部屋に入るのは初めてのことである。これまでは客間でお卯野に持ってきた荷をひろげ注文に応えていた。

北家がこの地へ移ってくる前、まだ南部家の江戸屋敷にいた頃からだから、もう通いはじめて数年近くが経過していた。若いおとこはさらに若くまだ十代の終わりで、その頃はお卯野は輝くような若妻であった。

北重四郎は思いがけないことを若いおとこに告げた。

「余儀なくひと一人を葬ってくれ」

それ以外いっさいの言葉はなく、渡された一片の紙に仔細が書かれているだけだった。もちろん紙片の内容を頭にいれたら、ただちにその紙片は焼かれた。

若いおとこは頭から冷水をかぶったようにおののき、おのれの採るべき道は残されていないことを悟った。

(すべて調べられている。お卯野とのことも……罠)

三

大原一蔵は、大富町の道場で人を待っていた。

「大原どの、今日は稽古をされぬのか」

気安く声をかけてきたのは小十人組の男だった。

「今日は時間がないのだ。今度、お手合わせ願おう」

と言っているところに、約束の時間よりも早く宮田半平がやってきた。

「いや、すまぬな。あっちへ行こう」

一蔵は、宮田を道場主が使用する客間に誘った。

「それで何かわかったか？」

一蔵は性急にきりだした。

宮田は、「まあ、待て。お茶の一杯も飲もうじゃないか」と懐から取り出した懐紙を、首筋に押し当てて汗をおさえた。

「それはうっかりした」

一蔵は若い者に声をかけてお茶をもってこさせた。

宮田は熱いお茶をゆっくり飲んだ。

「もういいか」

「いやひと心地ついた」

宮田半平は清家道場で大原一蔵の好敵手である。父親は六百石の大番組頭でお目見以上、ここが八丁堀同心の一蔵と天と地ほども違うところだ。母方の縁者には目付もいる。しかし、宮田半平はその次男坊で、もっぱら剣術に生きがいを求めているといったところである。

「一蔵、おまえ本気でやるのか。大変なことがおきるぞ」

「そんなことがあるのか」

「浄瑠璃坂の一件は目付はおろか大目付まで話はいっているぞ」

「ほんとうか」

「まことだ」

「それで動いたのか」

「当然事件の裏は探られたが、公儀の狙いは惨劇の犯人を捕まえることじゃない。大名家に何があったのか公儀に弓を引くものか、御定式目に抵触するものか、それならばしかるべく手をうたねばならない。そのための探索だ」

「犯人をむざむざ逃がしていいのか」

「それは別問題だ」

「納得がいかんな」

「それより右近将監のところに動きがあった」

「右近将監?」

「老中の松平武元《たけちか》だ」

「何かあるのか」

「奪われた二千両だ」

「それが」

「どうもおれが聞いた話をつき合せると、その金は全部とは言わないが右近将監のところに入ってくる金だったらしい」

「ははあ、何かの工作資金というわけか」

「そうかもしれない」

「しかし、幕閣を動かすなら当時は右近将監じゃないだろう」

「主殿頭《とのものかみ》（田沼意次）か。しかし、右近将監は老中職も長いから、つきあいの経緯もあったのだろう。当然、主殿頭にも相当つぎこまれてはいるさ」

「そんなにして南部家は何をしようしたのか。いまもそうだがあの頃は飢饉も頻発して財政は火の車だろう。そこへ二千両もの大金、いやじっさいはもっと多くの金が動いたはずだ」

「いずれにしても右近将監のところでは、あてにしていた金が入らなかったのでひそかに犯人捜しに乗り出したらしい」

「ほう。独自にな」

「右近将監も引退前に大金を握りたかったのかな、それで執着したのだろう」

「犯人はわかったのか」

「手引きしたのは下働きのお永という十九歳の女だ。主犯の鉄次郎という行商の男とできてしまったんだ。それがとっかかりだったようだ。

　この鉄次郎は何度か北家に出入りしていたが、じっさいは北家に気にいられて通っていたのは同僚の友吉という男だったらしい。

いつのまにかときどき鉄次郎も友吉のあとについて、北家に出入りするようになったようなのだ。

事件の日、時間は宵の五つ（午後八時）頃だが、その時間、お永は北家を留守にしていたんだ。その間に賊は押し入ったのだ」

宮田は調べたことを淡々と一蔵に告げる。道場はひっそりしている。

「お永は逃げたのか」

「いや、北家の家族は当主の北重四郎と妻女の卯野、息子の宗一郎七歳、君二郎五歳、野枝の五人で当主は四十二歳、妻女は二十六歳、娘は乳のみ児だった」

「待てよ。殺されたのは六人と聞いた。あと用人と若党だ。娘はどうした」

「それさ。このお永は悪賢いおんなでな、乳飲み子をつれて家を留守にしたんだ。卯野の乳の出が悪くなったのを幸いに近くの知り合いの仲間に乳を含ませてもらいに通っていたんだ。この日もそれを理由に家をでたんだ。いつもより遅い時間だったことを、乳を与えたおんなは不審がっていたそうだ」

「犯行時間をうちあわせてあったのか。二千両が運びこまれるのをお永は知っていたのかな」

「それはわからないが、あの日襲ったということはどこかからその事は知ったのだろうな」

「おれが当時の役所の与力で南部家ともつながりのある三上辰之助を捜しあてて聞いたところでは殺されたのは七人ではなかったかというんだ。あとで、記憶がはっきりしないといっていたが」

一蔵は五百堀の蘆のそよぎを眼裏に浮かべた。

「ああ、それか。それは北家に親しく出入りしていた紀州屋の友吉というおとこだ」

「！」

一蔵は胸が騒いだ。二十年の時を隔ててやっと事件の輪郭がかすかに見えてきたと思った。

「その友吉というおとこは堀留町の太物問屋若狭屋分左衛門だ」

「そのようだな」

「そのようだなって、お主そこまで探ったのか」

「いや、おれが知ってるということは右近将監のところではそこまで調べが届いているということだ」

「ふ〜ん、驚いたな。当然、犯人の一味のお永を知っているのだから、主犯のおとこも突き止めたのだろうな」

「たぶん突き止めたと思う」

「そこまで知っているものがいて、世の中にこの一件が詳らかにされていなかったとはな」

「それだよ、一蔵」

「ん？」

「友吉が若狭屋分左衛門で、鉄次郎が鬼の舌震いとよばれる仁反野源蔵で、主犯のおとこだったと知れるのはもっとあとになってからだ」

「どういうことだ」

「事件の後、そうだな事件が八月二十一日のことだから、ひと月もしないうちに事件に執着した右近将監の動きがぱたっと止まったんだ」

「何か起きたのか」

「そうだ」

「……」

宮田半平は深く息を吸って、ゆっくりした動きで冷たくなった茶を飲んだ。道場のほうから気合のこもった声がわずかに聞こえてくる。

「南部領内で徒目付《かち》が二人行方知れずとなったのだ」

「何、まことか」

「行方不明がはっきりしたのは浄瑠璃坂の事件より前だが、右近将監たちがその事を知ったのは浄瑠璃坂の一件のひと月後くらいだったようだ。ちょうどその頃から内密であるがおおがかりに犯人探索に突き進むのをやめたようなのだ」

「まったくやめたのか」

「いや、一部の人間がしつこくおっかけた。それで若狭屋までたどりつき若狭屋が記憶を失くしたことまでつかんでいる」

「ふ～ん、なんと……。右近将監はこれ以上南部にかかわると二千両は惜しいが身が危ないと踏んだのか」

「そのあたりは老中を三十年以上も務めるつわものだ」

「となると犯人を追いかけるものが、いなくなったわけだ」

「南部家もおもてだって動けなくなった。これも徒目付の行方不明で、いよいよ公儀ににらまれることになったからな」

「南部家の差し金で徒目付をやったのか」

「まさかそんなことはできまい」

「若狭屋分左衛門が自身番に保護されたとき、向鶴の紋の羽織を着ていた。それで筋を通して南部家に問い合わせたところ、言下に無関係であると言われたそうだ。それはなにかあるのか」

「浄瑠璃坂の屋敷を考えてみろ。あれは南部家のものではない。北重四郎の才覚で借りていたものだ」

「ということは重四郎は？」

「北重四郎は、将軍家からみれば、南部家の陪臣ではなくなっていたのではないか。南部家のために働いてはいるが、いったん離籍させられて重要な任務を担っていたのではないかと思う。

それで危機が迫ったときには南部家とはいっさい関係ないと……。そういうあやうい立場で家命を背負って北重四郎は生きていたのだろう」

「じゃ、徒目付をやったのは北か」

「それはつかんでいない。北が死んでしまったからな。しかし、じっさいに手をくだした人間が生きていればおのずと知れるだろう」

「いっさいが闇に葬られることもあるぞ」

「もちろんな」

「……」

一蔵は意想外に話が展開するので混乱してきた。いったい宮田半平はどこまで話をきき こんできたのだろう。堅く閉ざされていた扉をよくこじあけたものだ。

「若狭屋分左衛門は背中に大層な傷を負っているんだ。それは事件の時に斬られたものだろうか」

「たぶんそうだろう。その三上という与力が七人と語ったのはそういうことだろう」

「しかし、その若狭屋分左衛門は生きていた。誰が助けたのかな」

「さあ、公儀のほうで聞きつけて、調べようとした頃にはすっかり屋敷は変わってしまったようだ。たぶん南部家で危ないものは処分してしまったろう。その三上という与力が一番知っているくらいじゃないか」

一蔵は菅笠をかぶって、日がな一日釣り糸を垂れている三上辰之助の、日に焼けた顔を思い浮かべた。と同時に人懐こいおくわの顔もよみがえってきた。

「若狭屋は一味とは無関係なんだろうか。主犯の鉄次郎とはずっといっしょに仕事をしていたようじゃないか」

「どうも無関係らしい。というのも事件の前、友吉は江戸にいなかったようだ」

「えっ、そんなことまで探索してあるのか」

「そのようだ。老いぼれといって右近将監をあまりなめちゃいかんらしい」

「江戸を離れて若狭屋はどこへ行っていたんだろう」

「どこだと思う」

「あっ！」

一蔵は思わず叫んで我を失った。

「そうさ」

「若狭屋が徒目付をやったのか」

「おれはそうにらんだ」

「ふ〜。若狭屋は誰に頼まれてやったのだろう。そもそも若狭屋に徒目付をやるだけの力があるのだろうか。徒目付についている者なら、剣術や体術はそうとう鍛えてあるはずだ。そうそう容《た》易《やす》くやられるとは思えないがな」

「おれもそう思ったがこれも結構調べられているぞ。この友吉と鉄次郎というのは山陰からでて、山陽道から播州あたりを廻国していた、修行家が連れ歩いていた子供だそうだ。じつはその男が、

〝鬼の舌震い〟と異名をとる男だそうだ。異常剣の持ち主で対戦相手にことかくほど強いらしい」

「その男の消息は」

「わからない」

「それで友吉と鉄次郎は」

「それで修行家が摂津に出たとき、紀州屋とあって二人の子供を面倒みきれなくなったので商人にしてくれと預けたらしいんだ。それから二人は聖商人の流れをくむ行商の道に入っていったのだ」

「ふむ、そういわれてみてもさっぱりわからんな。友吉と鉄次郎はまさかその修行家の子供じゃあるまい。どこかで斬り殺した相手の遺児かも知れないし、腹をすかして道端に転がっていた子供を拾って連れ歩いていたのかもしれないしな」

「そうだな。そのあたりまでは調べても意味がないので、右近将監もあきらめただろう。はたして当人たちもその出生時まで知っているかどうか疑わしいな」

「紀州屋はその〝鬼の舌震い〟と知り合いだったのかな。商売につかえるといってもどこのだれともわからぬ子供をひきとって、しかも養子にまでして養うとはな」

「その紀州屋は九年前、打ち壊しにあって店を閉じてしまったな」

「ああ、これもよくわからぬ」

「これも鉄次郎がやったのよ」

「鉄次郎が」

「そうだ」

「なるほどよみうりの一件はやはり鉄次郎の仕業か。紀州屋打ち壊しには何かもくろみがあったのか」

「紀州屋に拾ってもらったが、十代の彼らにとって紀州屋の仕事がどんなに辛く厳しかったか、堪忍の固まりのなかで生きてきて、鉄次郎にとって恩讐の苦しみだったのだろう。それで好機とみて爆発したのだろうとおれは考えたよ、穿《うが》ちすぎか」

「いや、十手持ちのおれにはそんなことまでわからん」

「そうだな。おれも勝手いったがじっさいのところわからない」

「同じ釜の飯を食って苦労した二人が、北家の惨劇の場に居合わせた。それで友吉は背中に瀕死の傷を負ってその場に残された。斬ったのは鉄次郎なのだろうか」

「状況からはそういえるが、なぜ斬ったのか、なぜ友吉がその場にいたのかはわからぬ」

「それと一家皆殺しにする必要があったのか」

「それは鉄次郎は顔を知られているからな」

「覆面でもしてたらよかろう」

「いや、友吉もそうだが鉄次郎も並外れて大きいおとこですぐそれとわかってしまうと思う」

「なるほどな。ところで若狭屋分左衛門だが記憶を失う前にその鉄次郎を見つけ出したらしいぞ。

それで殺し屋を雇って鉄次郎を斬ろうとしたらしい」

「ほう」

「結局、うまくいかずあんなふうになってしまったが」

「若狭屋は自分でやれなかったのかな」

「もう商売人になっているからそっちはもうだめだろう。鉄次郎のほうには怪しい人間がついているしね」

「おれの顔で人から人を頼ってやっと探り当てたのはこんなところさ。二十年前のことだ。みんな朧な話さ。しゃべりたくなるようなことじゃないしな。どうだ、おぬし鉄次郎を捜しあててひっくくってみるか。番所も調べようがないだろう。いっそおれと二人で斬ってすてようか。一文の得にもなりゃせんがな」

宮田は自嘲気味に笑って深く息をはいた。

「いや鉄次郎はよみうりと医者を殺しているはずだ。それはおれがやらねばならないだろう。ところでその引き込み役のお永はどうしてるんだろう」

「居場所はわからないが鉄次郎と一緒だろう。でなけりゃ鉄次郎に消されているだろう」

宮田半平はよくここまでたぐったものだ。大原一蔵は宮田に感謝した。

「半平、いろいろ手数をかけたな。片付いたらきっと礼をするぞ」

「一蔵、水臭いことというな。また道場でたっぷり汗を流そうぜ」

宮田半平は剽軽《ひょうきん》な笑顔をみせた。

宮田半平が師匠の清家達五郎を待って、それから帰るというので一蔵は半平を残して道場をあとにした。

弁柄屋に如月十兵衛を訪ねようと中の橋を渡って亀沢町を抜けた。組屋敷をぬけながら日本橋川にでるとすぐ弁柄屋である。

ところが弁柄屋に十兵衛はいなかった。行徳河岸の小張屋だという。一蔵は踵をかえして小網町にむかった。

小張屋はちいさな行灯を店先に掲げて、腰高障子を開けるとさして広くない土間で、すぐに磨きこまれた板の間があり、階段の手前には大きな菰樽がでんと置かれてある。おとなうと背後から声をかけられた。船頭の佐助だった。

「八丁堀の大原だが、如月どのはおいでか」

「いま、船を下りてまいります」

一蔵が見ると、背の高い如月十兵衛と、その後ろに職人ふうなおとこと、若いむすめがついてきていた。よく見るとむすめは暮庵を訪ねたおつまだった。

「大原どの、おひとりか」

「ちょっと如月どのに話したい儀が」

「おお、お待たせしたかの」

十兵衛の二階の部屋に一蔵を案内した。留次とおつまもいっしょについて階段を上がった。

「きょうは船で本所まで行って帰ってきたところだ」

「おつまは知ってるかな。いっしょにいるのは留次といってな、おつまの幼馴染だ」

留次もおつまもちょこんと頭をさげる。

「急ぎの用でも」

「急ぎというほどではないのですが二十年前の浄瑠璃坂の一件がはっきりしてきました」

「ほう、よく調べられましたな。犯人の目途はついたと」

「犯人は鉄次郎というおとこです。若狭屋分左衛門といっしょに紀州屋の養子に入って働いていました」

大原一蔵は宮田半平が探ってきたことを十兵衛にかいつまんで話した。

「なるほどな」

「よみうりと医者をやったのはその鉄次郎です」

「そう、鉄次郎には違いないのだが、手をくだしたのは玄斎という怪僧だ。変わった剣をつかっていた。暮庵医師とよみうりの手口からみてその剣によるものだ」

「十兵衛どのは死体の様子も知っているということですか」

「あ、いや、いろいろ聞いてな」

珍しく十兵衛は狼狽した。かたわらで留次がおかしそうにしている。

「じつはその手をくだした玄斎に聞いたのだから間違いない」

「その玄斎とやらに会ったのですか」

「このおつまが拘引されて、むりやり呼び出され、夜明け前から浅草今戸町まで留次とでかけたのだ。大川に浮かべられた船に無理やり乗せられて、そこで玄斎がその直刀をぬいて襲いかかってきたわけで、船のうえでの斬りあいなど初めてだから危なかった」

「斬り捨てたのですか」

「腕は斬った。玄斎はそのまま川に落ちたがとどめはさせなかった。それよりも玄斎が一人かと思ったら、船頭以外にもう一人、編み笠をかぶった男が船にのっていたんだ。最後まで手出しはしなかったが、たぶんそいつが鉄次郎だ」

「じゃ、やはり浅草あたりに巣穴がありそうですね」

「気味の悪い男だ。しかし、腕はたつな」

「玄斎が死んだとなると、よみうりと暮庵医師の事件はおしまいということですか」

「いや、それはおぬしが考えることだ。わしはあずかり知らぬ」

「冷たいですな」

「いささか疲れた。若狭屋分左衛門をひろってから、まさかこんなことになるとは知る由もなかった。しかし、おつまにかかわることだからやむをえなかったのだ。そうしてみれば、わしにとってはまだすこしも解決をみていないということだ。若狭屋が徒目付をやったといわれても釈然としないのが本当のところだ」

「わたしの推測ですが、おつまさんはその北重四郎と卯野夫妻のむすめの野枝です。歳もぴったり符合します。おつまさんは北野枝です」

「そうだろうな」

聞いていたおつまと留次の顔がこわばって、つぎに紅潮してきた。

「おつまはお武家のむすめだったのですか」

「お永というのがただひとついいことをしたのは乳を貰いにおつまを屋敷から連れ出してくれたことだ。それでおつまだけ命を救われた。しかし、お永は足手まといになっておつまを産着ごと捨ててしまったけれどな」

おつまは悲しい顔をして手で顔をおおった。留次がその背をさすっている。

十兵衛はいまになって余計なことをしたと後悔の臍をかんだ。これが久美のいう地獄だったのか。おつまにとってそれはまさに地獄だ。父母と兄が何者かに惨殺されたことが明らかになってしまった。おつまの封印されていた過去の扉を十兵衛は取り払ってしまったのだ。おつまはささやかながら幸せに暮らしているのに余計なことをしたばかりに……。十兵衛は血の出るほどおのれの唇を噛んだ。怒りをぶつけるところがない。いや、鉄次郎とお永に掣肘を加えねばならない。たとえ二十年前のこととといえこのまま眠らせるわけにはいかない。

「大原どの、二人で鉄次郎をやりますか」

「本気ですか。本気で〝鬼の舌震い〟を斬りますか」

「斬る。如月十兵衛不敗神話に剣法〝鬼の舌震い〟も加えよう」

四

桃春がどうしても薬師さまによっていきたいというので、十兵衛も千代も同意して薬師如来に手をあわせてから堀留町の若狭屋に行くことにした。

いよいよ弥生も終わり、江戸にも初夏のおとずれがやってくる。柳の枝をかすめて燕が飛ぶのもそう先のことではない。

桃春はますます美しくなり、その顔は仏のようにやさしい。

見えない目は、ほほえんだ唇にふさわしいように細い一本の線で、やさしい慈愛をたたえている。

徒歩鍼行が今日もはじまる。

「なにをお祈りされたのですか」

千代が桃春に問う。

「なんでしょう」

「若狭屋さんのこと」

「それもあるわ」

「ほかにも」

「ええ、たくさん」

「あまり欲張っても霊験あらたかとはなりませんよ」

「すこしでいいのよ。多くの人がすこしでもご利益にめぐまれればいいでしょう。いっぱいは必要ないからすこしだけでもいいことがあるようにとお願いしたの」

「まあ、いいことを考えましたね。わたしは自分のことばかりお願いしてしまいました」

「なあに」

「それはお嬢様にもいえません」

「お千代どの、わたしが願いの中身をあてて進ぜようか」

「まあ、十兵衛さまがそんな占い師みたいなことができるのですか」

「いや、占い師よりあたるぞ」

「ほんとうですか」

「お千代どのは、作之進のことを祈ったろう」

「え〜、どうしてわかりました」

「早くお嫁さんがきてくれますように、ってな」

「どうして気味が悪いわ。わたしの顔には何も書いてありませんよ」

「書いてありますよ。じゃないとわたしがお嫁にいけなくなるからと」

「まあ、十兵衛さま、そんなことをお嬢様のまえでおっしゃって許しません」

千代はぷいとして先頭をずんずんと歩いていってしまった。桃春はおかしそうにくすくす笑って、

「十兵衛さま、おなご衆に正直いってはいけませんわ。嫌われますよ」

「あはは、また田舎者の不粋がでてしまいましたな。なかなか通になれないのは悲しいものです」

十兵衛はいまだ馴染めぬ江戸風に戸惑っていた。


十兵衛たちが若狭屋に着くと、すぐ直太郎が出てきて、

「ようこそおいでいただきありがとうございます。じつは……」

「どうされました」

お千代が直太郎に顔をむけた。

「父が出かけてしまいまして」

「若狭屋さんが」

「はい」

「ひとりで大丈夫なのか」

「止めるのですが、聞き入れてもらえません」

「あれ以来、初めて出かけられたか」

「初めてではありません。今日で二度目です」

「前回は何事もなく帰ってこられたのか」

「はい、いつもと変わりない様子でもどってきました」

「記憶がよみがえったのではないのだろうか」

「さあ、それならよろしいのですが」

直太郎も困惑しきっていた。

「では、今日はお約束のようにお母様のご容子を診ましょうか」

桃春がそういうと直太郎は一気に気分が明るくなった。

「母が喜びます。用意致しますので奥でお待ちになってください」

「お母様にご機嫌をうかがってくださいね」

と桃春はいそいそと離れにいく直太郎の背に声をかけた。

それから半刻、桃春と千代は直太郎の母親八重の離れで施術に没頭していた。

いつものようにひとりとり残された十兵衛は、分左衛門はどこへ行ったのか気になって考えていた。

分左衛門が出かけたいと言ったのは、自分からそう思ったのだろうから、分左衛門のなかで何かが変わってきた、と言ってもいいのかもしれない。

直太郎は八重のことが心配のようで、ずっとそばにいて桃春の治療につきあっていた。もどってくるなり、

「ほんとうに桃春様の鍼はすごいです。母があんなに穏やかな顔をしてお医者にからだをゆだねるなんて想像もできませんでした。顔にもみるみる赤みがさしてきて若いころの母を見るようでわたしは嬉しくてたまりません」

直太郎は訴えるように十兵衛に言う。

「まあ、直太郎さんにそんなにおっしゃられると恥ずかしいです。今日はお母様のお顔色を見て、脈の容子から浅く鍼を刺して、足の内側の踝から二寸あまりのところに、三陰交といいますがお灸を置きました。

おんなの方にはとくに効き目のあるつぼですから顔色もよくなったのでしょう。お母様はきっと元気になりますよ。まだまだ若いんですから。今日は若狭屋さんの施術をしたかったのですが次はかならず診させていただきます」

桃春は直太郎に言って、銀次郎のところで扱っている高価な艾《もぐさ》を渡して、その灸の置き方を懇切に伝えた。

出されたお茶をひとくち飲んで三人は若狭屋を後にした。番頭の久兵衛も見送りに出てくれた。

若狭屋分左衛門は、蓬莱屋の二階で藤野花魁に会っていた。

「ほんに清五郎さんが元気にもどってくれて安心しました。あれからもうあちきは意気地がなくなって何事もどうでもよくなって生きた心地がしませんでした。清五郎さんの捜してた男が見つかって、清五郎さんに褒めてもらおうと思ったのに……。でもこうしてまたあちきのもとへ帰ってきてくれて嬉しい。京傳先生にも揚がっていただいて夢みたいでした」

藤野は、清五郎が若狭屋分左衛門という太物問屋の旦那とわかったが、藤野のなかでは清五郎はあくまでも気持ちのいい、お金にもきれいな馴染みの清五郎だった。

「清五郎さん、あの日、仕舞日のことは覚えていますか」

「ゆっくり水の中から浮かびあがるように思いだすのだが、まだまだもどかしいのだ。無理に思いだそうとすると頭痛がしてひどく疲れるのだ」

「まあ、それはいけません。あちきも無理をいっては叱られますね。それにしてもよくひとりで吉原までこられました。それであちきの名前をよんでもらえるなんて」

「そうだな。これにはわしもびっくりした。倅の名前をきかされてもいまだにしっくりこないのに、藤野の名前はでたのだからな。それだけ通い詰めたということになるのかな」

「足の指の長い男のことは憶えていなんして」

「ああ、その辺のことを無理やりひきだそうとすると頭が痛くなる」

「いやな思い出がありんすか」

「そうなのかな」

「清五郎さんにずっとずっと聞こうと思ってどうしてもいえなかったのですけど……」

「それは済まなかったな。背中の傷のことだろう」

「！」

「捜しているといった男に斬られたんだ」

「よく生きてなんした」

「ある人がわしの知り合いの医者に運んでくれたんだ」

「……」

「その医者じゃなければわしは二十年前に死んでいた。藤野に会うこともなかったな」

「そのお医者さんとはいまでも」

「いや、死んだ」

「……」

若狭屋分左衛門は、苦痛に皺《しわ》めた顔を両手で覆った。それで頭痛がするのか首のあたりから後頭部に手をやってしばらくじっとしていた。

「いけないね。無理やりいやなことを思い出させて」

「いや、花魁とこうして話していると、やっとあれもこれも思いだされてくるよ。どうも悪いことばかりだが。それだけわしの半生は褒められたものじゃなかったということだな」

「そんなことはあらしません。清五郎さんは立派なおひとです。清五郎さんのようなお方が馴染みになってくれたからわちきも花魁でやってこられたのです。でなかったらわちきのような半端な女子は花魁はおろか吉原で生きていかれません」

「花魁にそうなぐさめられたら今日思い切って吉原に来てよかった。息子と番頭には止められたがな」

「指の長い男は黄色い目をしてなんした」

藤野はもう一度話をそこへ持っていった。

「あれはどういうものか。明るい茶色なんだろうが黄色に見えることがあるな」

「おおきな人でした。清五郎さんに話を聞いてからまもなく神様のいたずらと思ったほどその男はあらわれたのです。でもそれっきりでした。住んでるところもそれとなく聞いたのですがはぐらかされました。これじゃ清五郎さんのお役にたてないなと口惜しかったのです」

「いや、花魁、もういいんだ。ありがとう」

「いいって、清五郎さんはそれでいいんですか。やっぱり会うのが怖いんですか」

「いや、もう何も怖くないんだ。その男の居場所もわかった」

「ほんとうに。仇を討つんですか」

「そう、なぜか花魁がそばにいてくれるととても思い出せないと思ってたことがゆっくり水中から水面に浮かび上がってくるよ。わしは男を捜しあてたんだ。それで殺し屋に斬ってもらおうとしたんだが断られた。その後、逆にそいつとそいつの仲間に襲われて花魁に待ちぼうけをさせてしまったんだ」

「仇を討ってくれる人はいないのですか」

「わし一人ででもやらなければならないな」

若狭屋分左衛門は、そう言いながら懐から紙入れをとりだして、

「これを建造さんに渡してくれないか。慣れないことをさせてしまって済まなかったね。花魁にも辛い思いをさせてしまって悪かったね。ありがとう」

分左衛門は藤野にも別の包みを渡した。

料理屋八百善の近くの船宿で船をしたててもらって、分左衛門は大川をくだった。

湿気をふくんで重くなった風が、分左衛門の頬をなぶっていくが、さほど冷たさは感じなかった。

（そろそろ雨か……）

竹町之渡の向こうに駒形堂の白い漆喰壁がみえる。

（駒ん堂裏の三間町、西仲町あたりにも昔は行ったな。何用があっていったのだろうか。仕事が

辛くて小遣いもなかったので、行商の合間をみつけてはあちこちの道場に行って、小遣い銭をせびって歩いていたから、そのときに行ったのだろう。

あの頃は鉄次郎も生きるのに一所懸命だったな。腕はたったからよく小遣い銭は稼いだ。しかし鉄次郎はどんどん変わっていってしまった。

お永と懇ろになってからだろうか。が、結局わしが鉄次郎を浄瑠璃坂につれて行ったのが悪かったのだろう。それがすべてだ。

それにわしも鉄次郎も若かったから、おんなの扱い方ひとつ知らなかった)

浅草三好町のお厩跡と、本所の片側町の外手丁を結ぶお厩河岸之渡が見えてきた。

(この渡し船にも何度乗ったことだろう。旗本、大名家の下屋敷でいい商売になったことも多かったが、犬猫を追い払うような仕打ちにも何度もあった。

それもいつのまにか麻痺して、ほんとうに野良犬みたいに重い荷を背負って、江戸の町を徘徊していたな)

大川橋が見えてきた。小名木川にかかる万年橋の近くに御船蔵があった。

(あそこの大番屋でひと晩泊められたことがあった。あれはどういうことだったのだろう。往来で小普請の御家人にからかわれているむすめを助けたら、御家人の大勢の仲間に取り囲まれてめちゃくちゃにされたときだった。

吟味の与力は、最初からこちらに罪のすべてをおしつけた。

あの与力はなんといったか……つまらんことをよくも急に思い出すものだ。忘れていた反動か）

永代橋が見えてきて、若狭屋分左衛門は佐賀町の船着場で船をおりた。相川町まではすぐそこだ。

ずっと家にとじこもることが多かったので、分左衛門は足が萎えるのをおそれたが若いころからひと一倍歩いてきたので、まだ衰えることはなかった。

一膳めしや三春は、昼の忙しい時間が過ぎて、ひと心地ついているような頃合いだった。

黒い襟をつけた黄八丈を着たむすめが、注文をとりにきた。

（おつま……）

若狭屋分左衛門は、あまり食欲がなかったので一汁二菜をたのんだ。

おつまはそのまま板場のほうに知らせにいった。

（お卯野にそっくりだ。頤の細くて肌の滑らかなところは、瓜二つといっていい。胸から腰にかけては細いが、足腰は適度な肉置きで盈《み》ちているところもいっしょだ）

分左衛門は身内が熱くなってきた。

（お卯野はやはり武家の妻として躾られて生きてきたのだろうな。夫の北重四郎を助けるために身も心も捨てたのかもしれない。しかし、わしも鉄次郎も若かったからあっけなく翻弄された。

鉄次郎はお永がいたからもがいて苦しかったろう。お永はことに嫉妬心の強いおんなだったから……。あれであそこまでの凄惨なことになってしまった。

わしも北重四郎とそれにあやつられたお卯野の気持ちを知ったとき死のうと思ったのだったな、たしか。

それでお卯野と相対死《あいたいじに》のつもりで、なんの抵抗もなく鉄次郎に斬られた……。

お卯野との密通を目こぼしされた。その交換条件として徒目付を斬ったときにわしの命運はさだまったのだ。

それにしても、わしが徒目付を暗殺する腕をもっていることを、どうして北重四郎は知ったのだろう。ま、いまとなってはもうどうでもいいことだ。

北家一家の消滅で、あの事件は公儀も南部家も蓋をしておしまいにしてしまったのだ）

「おまたせしました」

お茶といっしょに、豆腐の味噌汁と蕗のおひたしとかれいの煮付けがでてきた。

「おつまさんかい」

「えっ、はい」

「きれいなむすめさんになられたな」

おつまは大きく目を瞠り分左衛門をみた。

「暮庵が死んでしまって悲しいよ」

「暮庵先生を知っているのですか」

「友達なんだ。わしを助けてくれた恩人でもあるよ」

「あ、あなたが堀留町の若狭屋さんですか」

「驚かしてすまないね。若狭屋分左衛門です。あのときはひどく辛い思いをさせてしまったね。おつまさんにはどうしても告げておくことがあってね。もう聞いているかい、如月十兵衛どのはご存知のはずだから」

おつまの目に涙が盛りあがってきて、こっくりうなずいたとき、ぽろぽろっとこぼれおちた。

「そうか、それならもうわしが言うことはない。いまはおっかさんと二人かい」

「ええ」

「そうか」

分左衛門は倅の直太郎のことを言うべきか言わないことにすべきか迷った。迷ったうえで言うことはやめにした。直太郎の気持ちも確かめていなかったし、男女のことは盆栽のように矯《た》めたり切ったりして、こっちの思うようにまとめることをしないほうがいいのだ。

心残りだが、分左衛門はそう決めたことでそれはそれですっきりした気持ちになった。

「そうだ、おつまさん、お前さんにこれをあげよう」

若狭屋分左衛門は、手にした巾着袋から、金無垢の簪《かんざし》を取り出しておつまの手にのせた。それは食うや食わずの生活のなか、あちこちの道場に行き、稼いだ金で購ったものだ。

それをお卯野に、今日渡そう明日渡そうと、躊躇《ためら》っているうちにあの事件に逢着してしまったのだ。

「これはおっかさんのお卯野さんの形見だ。お前さんが持つのがいちばんふさわしい」

おつまは、また涙の粒をふくらませて一心にその金の簪を見ていた。

五

大原一蔵は中間の兼八をつれずに、一人で三上辰之助を訪ねた。あの日以来だからまだ十日もたっていなかったが、田畑の緑はその色を濃くして、堀を流れる水は増水して水勢を強くしていた。

三上辰之助は、五百堀のすぐ隣の瓢箪形をした堀に竿を並べていた。

「ですか?」

一蔵が声をかけると、三上は笠に手をやって、白い歯を見せた。相変わらず日に焼けた顔に皺が深い。

「せんだってはお楽しみの銘酒をすっかりいただいてしまって、あとで困られたのではないですか」

一蔵は笑って、持参の徳利を三上に差し出した。

「おくわのやつ余計なことをいいおって」

「いいご新造さんですね。羨ましいかぎりだ」

「冗談はよせ」

「二度とお会いしないと思ったのですが、ちょっと確認したいことがありまして」

「……」

「こっちが聞かなかったからいけないんですが、三上さんはすべてを話してくれませんでしたね」

「いや、あれ以上はとくになにも」

三上は、いぶかしそうに一蔵の顔も見ずに、静かな水面に視線を向けたままだった。

「わたしより先にここに訪ねて見えた人があったようですね。ご新造さんから伺いました。女人のかただったそうで」

「ああ」

「思い出していただけましたか」

「若狭屋のおかみさんだ」

「えっ」

一蔵は虚をつかれて言葉がでなかった。

「若狭屋さんのおかみさんがなんだって……」

「いや、墓参りにきたついでに立ち寄られたのだ」

「待ってくださいよ。話がまったくみえてこないのですが、その墓は誰の墓なんです」

「小梅村にある小さな寺だ。わしも行ったことはないが大照寺というのだ」

「そこに誰が」

「北家の一家の墓だ」

「！」

「菩提寺は南部の国元にあるのだろうが、そこに弔うことがかなわなかったのだろう。どういう経緯か忖度のしようもないが、大照寺に墓をもとめられたのだ」

「若狭屋のご新造がなんだって三上どのを訪ねてみえるのですか。そもそも若狭屋のご新造は病弱で出歩くこともままならないのじゃないですか」

「古い知り合いだ」

「それは……」

「若狭屋の妻女は、北重四郎の奥方卯野どのの妹御だ」

はっと、後ろ襟を捕まえられた表情になる一蔵。

「若狭屋の命を救ったのは妹御、八重さんだ。八重さんが暮庵医師をよんでくれて、若狭屋を奇跡的に生還させたのだ。八重さんは暮庵医師の医術の優秀さを知っていたようだ」

「お卯野さんの妹御が、若狭屋のご新造さんとは、まさかまさかでした。それで八重さんはときどき墓参りに来ていたというわけですか」

「からだの具合が悪かったのは本当だろう。わしを訪ねてきたのも一年も前だったたろうからな」

一蔵は、想像もしていなかった展開に驚きをかくせない。

「一年も前ではあったが、八重どのはこんなことを言っていたぞ」

と言って三上辰之助は、ひとつ大きく息をして一蔵を見据えた。

「事件は八月二十一日のことだった。その月命日の前にはよく墓前に花が手向けられていたらしい」

「それは若狭屋分左衛門だろうか」

「さあ。八重さんもたしかめてはないそうだが」

「大照寺というのは小梅村のどのあたりですか」

「霊山寺の北だ。横川沿いに報恩寺橋を越えたら大銀杏が見えてくる。その先だ」

一蔵は頭に地図を描いた。一度は線香をあげに行こうと思った。

西の空に黒い雲が湧きあがり、遠くで稲光がした。

「三上どの、雨がきますぞ」

「合羽も用意してある。心配はいらん」

「これでひきあげます。今度はいつお会いできるかわかりませんが、どうぞおくわさんと仲良くお達者で。失礼つかまつる」

一蔵は雨の降り出した西に向かって、早い足で帰っていった。

六

入江丁の鐘が九つ（正午）をうって、乾いた風が青空めがけて吹き抜けていった。

横川には小魚が群れをなして遊泳していた。森のような大樹を抱えた報恩寺と霊山寺の北に、周りを田畑で囲まれた大照寺の銅葺きの大屋根が見える。

庫裏で線香と水の入った手桶を受け取った源蔵は、寺の裏に廻って西側の奥にある北家の奥《おく》つ城《き》へ向かった。香華《こうげ》を手向けるのは今年は二回目だ。

源蔵が墓の近くまで歩みをすすめたとき、きらめく陽光の中を、紫色ににじむ煙が流れていった。

真新しい線香が供えられていた。

（珍しいことがある）

源蔵は手桶から柄杓で水をくんで、墓石にかけた。花も供えて手をあわせる。口の中でもごもご何ごとか言い、頭を垂れた。

顔を上げた先、墓標の向こうに友吉がいた。

源蔵は、いくらか広くなったあたりまで歩いて行った。

光と水をいっぱいにとりこんだ雑草は、勢いがよく、源蔵の足元に粘るようにからんできた。

「友吉」

源蔵はひたと目を据えてつぶやいた。

「鉄次郎」

若狭屋分左衛門は、襷掛けにして股立《もも》ちを取り、腰に二刀を帯びていた。

「一度、お前に殺されたが、未練がましくも老残をさらした。それも今日を限りとしよう。その前におれの手でお前を誅殺する」

鉄次郎は、あらかじめ予想していたのか即座に心構えた。

「よかろう。おれも生き過ぎた」

源蔵も腰の太刀に手をかけて、ささっと左に駆けながら鯉口を切った。

分左衛門は、ゆっくりと体を右に回しながら源蔵の黄色い目を見ている。

「暮庵をなぜ斬った」

「おれじゃない。玄斎という坊主だ」

「玄斎はなぜ斬った」

「暮庵が善人過ぎたからだ」

「そんな理由で人を殺せるのか」

「玄斎は理由はどうでもよかったのだ。とにかく殺したかったのだ」

「なぜ止めなかった」

「止められるもんか」

「二十年前は忘れてないだろう。そのときは玄斎はいなかったぞ。鉄次郎、お前が北一家を殺したのだ。幼い子供たちまでもだ。まさかお永のせいにはしないだろうな」

「しないが、お永が皆生かしておいてはだめだとはっきり言ったのはたしかだ。しかし、それを風にして帆かけたのはまぎれもなくおれだ」

「いい覚悟だ。おれはあのとき、お前に斬られて死のうと思った。それを暮庵に救われた。おれも生き過ぎたということだ」

「友吉、おれたちはどこで生まれたとも知れず、生かされ働かされてきたな。さりとて、人を殺し、店をぶち壊すという法はないな。十分わかっていても暴れだすものをおさえられなかったのはなぜかな。金も握ってみれば冷たい戯《ざ》れ石だ」

「そうだな。鉄次郎、吉原の藤野花魁と初会でなじんで、その後あらわれなかったな」

「おまえに尻尾をつかまれるのでやめたのだ。おまえはほんとうに記憶をなくしたのか」

「ほんとうだ。まるっきり靄がかかったようになったのだ。だが、如月十兵衛という無量無辺を生きるおとこに拾われてから、すこしずつはれてはきていたんだ」

分左衛門は、すこし身体を揺さぶった。怖気が湧いて、すぐに消えていった。

空はどこまでも青く、分左衛門はこの世のなにものかと一体となる自分を想像した。

「そうか。もういいだろう。北家の墓の前でどちらかの死体を手向けるのもいい弔いとなろう。

いくぞ、友吉」

「来い、鉄次郎」

分左衛門もさっと刀を抜き放ち、梨地の鞘を空中に放った。

源蔵は左八双に構えて、腰を落としていった。分左衛門は右に右に回りこみながら、源蔵の動きを絞り込んでいく。たまらず源蔵はしたから斬りあげて分左衛門の体勢を崩していく。さらに体を伸ばして、肩口へ切っ先を落としていく。かろうじて分左衛門は右に左腰を切ってかわすが、かつてはその瞬間、源蔵の右腕を斬り飛ばしていたはずだが、いまはかわすのが精一杯だった。

「鉄次郎、道場荒しをして小遣い稼ぎをしてた頃を思いだすな」

「そうだ。あれだけが生きがいだったな。おんなを知るまではな」

「それは言うな。間違った生き方にはそれなりのけじめもあろう。おまえはとくにそうだ」

分左衛門の太刀が、ふわっと頭上高く舞い上がり、信じられない跳躍をみせながら一気に斬り降ろされていった。

即座に対応した源蔵も、その長刀を分左衛門の脇腹に食い込ませていった。

頭を割られた源蔵は、大木に落雷があったかのように、焦げた臭いを撒き散らし、大地に突っ伏していった。

「く、くっ、鬼の舌震い」

源蔵はその言葉を最後にぴくりとも動かなくなった。

分左衛門は、出血した脇腹をおさえて、その場に仰向けになった。青い空が落ちてきそうにまばゆい。ぜいぜいと息が激しくなった。

「遅かったか」

十兵衛は傍らの一蔵を振り向きもせずに言った。

若狭屋分左衛門は、乾いた血の上で絶命していた。真っ白い襷が陽にまぶしかった。一部土にまみれて見えた。

いまは仰向けに倒れているが、苦しさのあまりからだをよじったのだろう。

源蔵は頭を割られ、その骸《むくろ》は人間とは別の生き物のようだった。

「……」

十兵衛と一蔵は深く頭を垂れて、阿房《あほう》のように立っていた。

田畑を渡ってくる南風は海からの潮風で、その微細な湿り気の粒を、死者の上に舞い落とし、無限の時間の彼方に分左衛門と源蔵を運び去っていった。

「終わってしまったな」

「……」

「人は人との出会いによっていくらでも変わっていくのだな。分左衛門が北家に出入りしなかったら、源蔵を紹介しなかったら、こうはならなかっただろう。わしが、あの時、作之進に会わなかったなら、分左衛門をひきとることもなかった。しかし、人が人を避けては生きていけまい」

「〝鬼の舌震い〟というのはなんだったのですか」

「見たかったな」

「源蔵のあの膂力ですか」

「いや、友吉、若狭屋分左衛門が〝鬼の舌震い〟だよ」

「若狭屋が」

「たぶんな。師匠の技を受け継いだのはたぶん友吉だろう。若狭屋は腹を割かれているが、源蔵は頭を両断されている。その技は口伝であろうとなかろうと一代のもので、友吉も源蔵も師匠から盗んだ技だろう。しかし、友吉に一日の長があったのかもしれない。それは友吉にとって不幸であった。北重四郎にその腕を看破されて徒目付殺しを厳命されたのだからな」

「密通の代償として」

「うん。源蔵も卯野にその若い魂を奪われていたはずだ。それを知ったお永は嫉妬に狂ったのだろう。勢い一家の全滅に突っ走ってしまった。源蔵もお永に出会わなければこんな決着をみなかっただろうが、それもいまとなっては詮無きことだ」

「如月どの、おもいがけず二十年前の事件に出会い、明らかになりました。数々のご協力に感謝します」

「いや、水臭いことをおっしゃることはござらん。それよりお永はどうする」

「吉原の裏茶屋はわかっています。捕まえてはっきりさせます」

「お永はなぜおつまを捨てたのだろうな。やはり面倒になったのか……おつま、すまんな。おまえの辛い出自をあばきたててしまったな」

十兵衛は一蔵の声も耳に届かず己を責めるばかりだった。

七

「お嬢様、用意はよろしいですか」

さきほどから千代と十兵衛は、店先に出て桃春を待っている。

「中吉。悪いけどちょっとお嬢様にに急ぐように言ってきてちょうだい」

千代は小僧の中吉にいいつけた。

十兵衛は木の香りがする弁柄屋の店先から日本橋川のほうを見ている。

巣作りを始めた燕が、くもり空を切り裂いて飛んでいった。

雛形本からでてきたような小袖を着て、桃春はあらわれた。明るい初夏の花々が巧みに描かれている光琳模様。髪も島田髷で鬢が左右にはみ出している灯籠鬢だ。

「まあ、お嬢様きれい。髪はおかみさんが」

「少しだけね」

「よかった。では、遅くなりますからまいりましょう」

今日は堀留町の若狭屋まで徒歩鍼行だ。若狭屋分左衛門が不幸な旅立ちをしてからひと月余がたった。

若狭屋のご新造は、ひと頃の病弱ぶりが嘘のように、いまは桃春の治療により、すこぶる元気になっていた。

直太郎が笑顔で三人を迎えてくれた。

「いらっしゃいませ。いつもお出向きいただきありがとうございます。おつまさんはもうお見えです」

「あら、早かったわね」

千代が直太郎に意味ありげな笑みをみせて言う。

「どうぞ奥のほうへ」

直太郎は店の若い手代になにごとか指示を与え、三人を案内した。

奥の茶の間に八重とおつまがいた。

「おっかさん、お見えですよ」

三人は部屋に入ると互いに挨拶をかわした。

「おつまさん、ひとりでいらしたの」

「はい」

千代の問いかけにおつまは明るく返事した。十兵衛がきさくに、

「おつま、きょうは三春は休めたのか」

と声をかけた。

「はい。大丈夫です」

「いま、おつまさんと話していたところなんですよ」

若狭屋の八重は誰にともなく言った。そして、

「今日は桃春様に鍼治療をお願いしていましたが、おかげさまでとても具合がよろしいのでその時間をいただいて、ささやかにわたしの快気祝とさせてくださいますか。分左衛門が身罷《みまか》ってから日が浅いのですが、うちうちということで、ぜひお許しいただいてそうさせてください」

「母のわがままと思って勝手でございますがよろしくおつきあいください。お願い申します」

直太郎は母親を思っていやみなく頭をさげた。

そうしているうちに、皆の前に膳が運ばれて、座は一気に華やかになった。

「十兵衛さま、お酒はいかがですか」

「いただきましょう」

「わたしもせっかくですから、いただきます」

千代も名乗りをあげる。

「おつまさんもいかがですか」

直太郎が言うと、

「じゃ、すこし頂戴します」

「わたしは帰ってから治療がありますので遠慮しますね、千代」

「まあ、お嬢様、ごめんなさい。わたしたちばかりで」

「いいのよ。気にしないでたくさん飲んでちょうだい。わたしは食べるほうに専念するから」

ささやかに食事がはじまり、座は次第に賑やかになっていった。

「今度ばかりはわたしもおおいに反省しました。おつまに辛い思いをさせてしまった」

「十兵衛さま、そんなことはございません。いつかはそういう日がくるとわたしは覚悟していましたから」

おつまはいちだんと大人びた表情を見せて言った。

「でもおつまさんにもいいことがあって良かったわ。若狭屋のおかみさんがおつまさんの叔母さんだったのだから、おつまさんは決して天涯孤独ではなかったのですもの」

桃春もわがことのように喜びの気持ちを伝える。

「そうだな。それだけはわたしも胸をなでおろすところだ。ところでおかみさんは暮庵医師のことはご存知だったのですか」

「ええ、昔から存知ていました。わたしの嫁ぎ先の家に暮庵先生のお父様が商売で出入りしていましたから」

「えっ。というと」

「紀州屋の実の子というのは暮庵さんなのですか」

「はい。暮庵さんは商売を継ぐのがいやで医者の道を選んだのです。お父様も敢えてとめませんでした。紀州屋さんは養子さんを厳しく育てて跡取りにしていましたから」

「それで若狭屋さんが斬られたとき、暮庵さんを呼んだのですね」

「暮庵さんは長崎にもいかれましたし、中津の優秀な先生にもついて勉強していました。あの方が亡くなったのはおおくの人々にとって不幸なことです」

「おかみさんが、分左衛門さんを救ったのですね」

「一縷の望みだったのです、暮庵先生が。その後、わたしの嫁ぎ先が廃絶いたしまして幼い直太郎をつれて傷が癒えた分左衛門と一緒になったのです」

「驚きました。事件の日、おかみさんがかけつけなかったら分左衛門さんは助かりませんでしたね」

「はい。あの日、野枝に乳をあげていた乳母《うば》がやってきて、お永の容子がおかしいというものですから浄瑠璃坂にとんでいったら、あの惨劇でした」

「北重四郎殿はなにか秘密の使命を帯びていたのですか。南部家の屋敷を出ていますものね」

「はい。わたくしにはお家の政《まつりごと》のことはわかりませんが、重四郎が引き立てられている家中の加判役（藩の重臣）に呼ばれてから北家の運命が変わったようです。上司の命令に背けなかったのでしょうね。あの頃は家中にも紛糾があり、領内に公儀の隠密も入り込んでいるという噂でしたから」

「分左衛門さんが自身番に保護されたとき南部家の羽織を着ていたのはどうしてでしょうね」

「あれは姉から貰ったもののようです。行商の商売をやめて、北家に仕えないかと再三誘われていたようでそれで貰ったとか」

「それを着ておつまさんに会いたかったのですね」

「……」

八重はおつまのほうをちらと見た。

あらかた食事がおわりにさしかかった頃、

「おかみさん、やはりちょっとからだの具合を診させてください。なんだかご馳走になってこのまま帰るのがはばかれます」

「でも……」

「そうですね。そういたしましょう。わたしもお酒をたくさん飲んでませんから大丈夫です」

千代がそういうと決定したかのように、離れの座敷に三人は移っていった。心配そうに直太郎も離れに行ってしまった。

ぽつねんと十兵衛とおつまが取り残された。

「おつま……。すまんな」

「……」

「辛かったろう。許してくれよ。まさかあの若狭屋分左衛門が〝鬼の舌震い〟とはな」

「……」

「その若狭屋がお前に頼みたいと思ったことは、直太郎の嫁にきてくれないかということだったとわしは思ったが、おつまはどう思う」

「急にそんなことを言われても」

「そうだろうな。しかし、おかみさんはおつまの叔母さんでいい人だ。からだも元気になってきたし、あの直太郎さんは近頃では特筆に価《あたい》する青年だぞ。きっとおつまを幸せにしてくれるぞ」

「……」

「長屋のおっかさんのことか」

「それは直太郎さんがいいように考えてくれるだろう。ここまでおつまを育ててくれたんだからな」

「……」

「なんだ、まだなにか心配か。ああ、留次か。留次なら心配するな。わしも富蔵もついてるからまったく心配いらないぞ」

「でも、わたしは行儀見習いもしていませんし、商売のことは何も知らないんです。それに直太郎さんの気持ちも聞いていませんから」

「それは追々に覚えるさ。直太郎さんは固いおとこだが、おつまのことは憎からず思っているぞ。おとこのわしが太鼓判を押すから大丈夫だ」

それでもおつまは不安そうな顔をしていた。


四半刻ほどして桃春たちがもどってきたので、十兵衛たちは礼を言って、若狭屋をあとにして弁柄屋に向かって歩き出した。おつまもいっしょだ。

「おつまさん、直太郎さんどう？」

千代が歩くつれづれに聞く。

「どうって」

「いい人じゃない」

「そうですね」

「気のない返事ね」

「だって」

「お千代どの、まあ、いいではないか。さきほどわしもさんざんおつまに、それとなくすすめておいた。すべて追々とな、なあおつま」

「若狭屋のおかみさんは、叔母さんですし身内なんですもの、時々遊びにいって馴染んだらいいんです」

桃春もそう言っておつまを励ました。

日本橋川が見えてきて、角を曲がったところで、こっちに歩いてくる大原一蔵に出くわした。

「おお、十兵衛どの。それと皆様」

「大原殿いかがした」

「お永が遠島になりました」

「遠島？　死罪じゃないのか」

「いや、いろいろありまして二十年前であるし、事件そのものも詳しい吟味にいたらず、もともと風化させられる運命にあったものですから、なんとか遠島までもっていったというところです」

「そうか。それはご苦労でしたな」

「いい勉強になりました」

「しかし、鬼の舌震い、一度見てみたかったな。大原どの今度道場で一手お相手してくださらぬか」

「喜んで。十兵衛どのの不敗剣も味わってみたいものですね」

「あはは、相手を選べば不敗剣に終わりはないさ」

如月十兵衛は江戸の空に八溝の空を重ねて豪快に笑ってみせた。


（おわり）

◎参考文献

「考証　日本武芸達人伝」綿谷雪（国書刊行会）
「剣豪　剣一筋に生きたアウトローたち」草野巧（新紀元社）
「史眼　縦横無尽対談集」津本陽×井伊達夫（宮帯出版社）
「江戸時代の武家の生活」進士慶幹（至文堂）
「日本怪僧奇僧事典」祖田浩一（東京堂出版）
「山東京伝の黄表紙を読む」棚橋正博（ぺりかん社）
「日本盲人史　正・続」中山太郎（八木書店）
「盲人の生活」大隈三好著　生瀬克己補訂（雄山閣）
「目の見えない私が『真っ白な世界』で見つけたこと」浅井純子（ＫＡＤＯＫＡＷＡ）
「鍼灸の挑戦」松田博公（岩波新書）
「いやしの鍼」木村愛子（日経ＢＰ企画）

◎論創ノベルスの刊行に際して

本シリーズは、弊社の創業五〇周年を記念して公募した「論創ミステリ大賞」を発火点として刊行を開始するものである。

公募したのは広義の長編ミステリであった。実際に応募して下さった数は私たち選考委員会の予想を超え、内容も広範なジャンルに及んだ。数多くの作品群に囲まれながら、力ある書き手はまだまだ多いと改めて実感した。

私たちは物語の力を信じる者である。物語こそ人間の苦悩と歓喜を描き出し、人間の再生を肯定する力があるのではないか。世界的なパンデミックや政情不安に覆われている時代だからこそ、物語を通して人間の尊厳に立ち返る必要があるのではないか。

「論創ノベルス」と命名したのは、狭義のミステリだけではなく、広義の小説世界を受け入れる私たちの覚悟である。人間の物語に耽溺する喜びを再確認し、次なるステージに立つ覚悟である。作品の刊行に際しては野心的であること、面白いこと、感動できることを虚心に追い求めたい。

読者諸兄には新しい時代の新しい才能を共有していただきたいと切望し、刊行の辞に代える次第である。

二〇二二年一一月

扉修一郎（とびら・しゅういちろう）

千葉大学卒。出版社で小説誌編集長、書籍編集部編集長、書籍担当取締役等を歴任。その間、数多くの作家を世に送り出す。現在、カルチャー教室小説講座講師。著書に『如月十兵衛　娘鍼医の用心棒』（論創社）がある。

鬼《おに》の舌《した》震《ぶる》い　如月《きさらぎ》十《じゅう》兵《べ》衛《え》 娘《むすめ》鍼《はり》医《い》の用心棒《ようじんぼう》 巻《まき》の二　〔**論創ノベルス012**〕

2024年6月20日　初版第1刷発行

著者	扉修一郎
発行者	森下紀夫
発行所	論創社 〒101-0051　東京都千代田区神田神保町2-23　北井ビル tel. 03（3264）5254　fax. 03（3264）5232　https://ronso.co.jp 振替口座　00160-1-155266
装釘	宗利淳一
組版	桃青社
印刷・製本	中央精版印刷

ISBN978-4-8460-2319-5

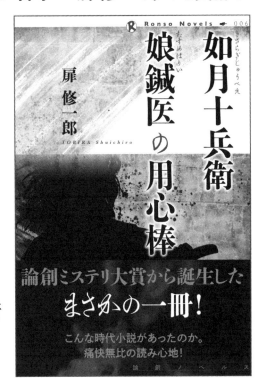